# O VALE ASSOMBRADO

## E OUTRAS HISTÓRIAS ESTRANHAS

Título original: *Can Such Things Be?*


**Direção Editorial** ***Ethel Santaella***

***REALIZAÇÃO***

**GrandeUrsa Comunicação**

Direção *Denise Gianoglio*
Tradução *Otavio Albano*
Revisão *Ana Elisa Camasmie*
Capa, Projeto Gráfico e Diagramação *Idée Arte e Comunicação*

Dados Internacionais de Catalogação na Publicação (CIP)
(eDOC BRASIL, Belo Horizonte/MG)

B588v

Bierce, Ambrose, 1842-1914.
O Vale Assombrado e Outras Histórias Estranhas / Ambrose Bierce; tradução Otavio Albano. – São Paulo, SP: Lafonte, 2024.
176 p. : 15,5 x 23 cm

Título original: Can Such Things Be?
ISBN 978-65-5870-582-6 (Capa A)
ISBN 978-65-5870-583-3 (Capa B)

1. Ficção americana. 2. Literatura americana – Contos. I. Albano, Otavio. II. Título.

CDD 813

Elaborado por Maurício Amormino Júnior – CRB6/2422

**Editora Lafonte**

Av. Profª Ida Kolb, 551, Casa Verde, CEP 02518-000, São Paulo-SP, Brasil – Tel.: (+55) 11 3855-2100
Atendimento ao leitor (+55) 11 3855-2216 / 11 3855-2213 – atendimento@editoralafonte.com.br
Venda de livros avulsos (+55) 11 3855-2216 – vendas@editoralafonte.com.br
Venda de livros no atacado (+55) 11 3855-2275 – atacado@escala.com.br

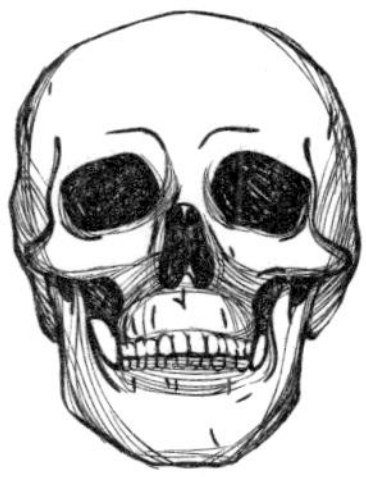

# O VALE ASSOMBRADO

## E OUTRAS HISTÓRIAS ESTRANHAS

AMBROSE BIERCE

*Tradução*
**Otavio Albano**

Brasil, 2024

Lafonte

# SUMÁRIO

7
21
24
36
40
52
62
70
79
82
90
96
107
117
123
134
136
145
153
164
171

O VALE ASSOMBRADO
UMA NOITE DE VERÃO
A ESTRADA ENLUARADA
DIAGNÓSTICO DE MORTE
O MESTRE DE MOXON
UM DURO COMBATE
UM DOS GÊMEOS
UM POTE DE XAROPE
A ALUCINAÇÃO DE STALEY FLEMING
IDENTIDADE RETOMADA
O BEBÊ ANDARILHO
AS NOITES EM "HOMEM MORTO"
ALÉM DA PAREDE
UM NAUFRÁGIO PSICOLÓGICO
O DEDO MÉDIO DO PÉ DIREITO
O FUNERAL DE JOHN MORTONSON
O REINO DO IRREAL
O RELÓGIO DE JOHN BARTINE
A "COISA MALDITA"
HAÏTA, O PASTOR
UM HABITANTE DE CARCOSA

# O VALE ASSOMBRADO

## I.

## COMO AS ÁRVORES SÃO DERRUBADAS NA CHINA

A menos de 1 quilômetro ao norte da casa de Joseph Dunfer, na estrada que vai de Hutton a Mexican Hill, a rodovia desce em uma ravina sombria que se abre para ambos os lados de maneira um tanto quanto misteriosa, como se tivesse um segredo para contar em alguma estação mais conveniente. Nunca passei por ela sem olhar primeiro para um lado e, depois, para o outro, para ver se havia chegado a hora da tal revelação. Se eu não vi nada – e, efetivamente, nunca vi nada –, não cheguei a sentir nenhuma decepção, pois sabia que a revelação estava sendo retida temporariamente por alguma boa razão, algo que eu não tinha o direito de questionar. Não tinha dúvida de que algum dia chegaria a saber de tudo, assim como tampouco duvidava da existência do próprio Joseph Dunfer, por cujas terras passava a ravina.

Diziam que Joseph, certa vez, se comprometera a construir uma cabana em alguma parte remota daquele lugar, mas, por algum motivo, abandonara sua empreitada e erguera sua morada atual, uma construção híbrida, metade residência, metade bar, à beira da estrada, a um canto da sua propriedade tão longe quanto possível, como que de propósito, para mostrar como ele havia mudado radicalmente de ideia.

Esse tal Joseph Dunfer – ou, como era conhecido na vizinhança, Whisky Jo – era um personagem muito importante naquelas paragens. Aparentemente, ele tinha cerca de 40 anos de idade e era um sujeito cabeludo, com o rosto tenso, os braços deformados e as mãos nodosas, parecendo um molho de chaves antigas. Também era peludo e andava bastante curvado, como se estivesse prestes a saltar sobre o que lhe aparecesse à frente e fazê-lo em pedaços.

Além da peculiaridade a que devia seu apelido local, a característica mais óbvia do sr. Dunfer era uma profunda antipatia pelos chineses. Certa vez, vi-o completamente furioso porque um de seus pastores permitira que um asiático, cansado de sua jornada, matasse a sede no cocho diante do estabelecimento de Jo. Aventurei-me, vagamente, a reclamar de seu espírito anticristão, mas ele simplesmente explicou que não havia nada sobre os chineses no Novo Testamento, e afastou-se para descarregar seu descontentamento em seu cachorro – o que também, imagino, não havia sido proibido pelos escribas divinamente inspirados.

Alguns dias depois, tendo o encontrado sentado, sozinho, em seu bar, abordei o assunto com cautela, ao que – para meu grande alívio – a austeridade habitual de sua expressão se suavizou visivelmente, algo que identifiquei como complacência.

— Vocês, jovens da costa leste — disse ele —, vivem longe demais daqui e não entendem o que passamos. As pessoas que não distinguem um chileno de um china podem se dar ao luxo de ter ideias liberais quanto à imigração chinesa, mas um sujeito que tem de lutar por um punhado de ossos com um bando de forasteiros vira-latas não tem tempo para esse tipo de tolices.

Aquele grande beberrão, que provavelmente nunca havia trabalhado duro nem sequer um dia em toda a sua vida, abriu a tampa de uma caixa de tabaco chinês e, com o polegar e o indicador, tirou um rolo de fumo como se fosse um graveto de palha. Mantendo seu estimulante a uma distância segura, continuou a falar, com a confiança renovada.

— São todos um bando de gafanhotos, que devoram tudo o que encontram e vão atrás de tudo o que floresce nesta terra abençoada por Deus, se quer mesmo saber.

Nesse instante, enfiou o fumo na boca e, quando seu instrumento de tagarelice se viu novamente livre, retomou seu discurso edificante.

— Um deles esteve aqui nesta fazenda faz uns cinco anos, e vou lhe contar umas coisas a seu respeito, para que você entenda o cerne de toda essa questão. Eu não andava muito bem naquela época – estava bebendo mais uísque do que me havia prescrito e não parecia me importar com meus deveres de cidadão americano. Por isso, aceitei empregar aquele pagão, como uma espécie de cozinheiro. No entanto, quando me voltei para a religião, lá em Mexican Hill, e começaram a me falar em lançar minha candidatura a vereador, foi então que pude ver a luz. Mas o que eu deveria ter feito? Se eu o despedisse, alguém acabaria contratando-o e ainda seria capaz de tratá-lo bem. O que eu deveria fazer? O que faria qualquer bom cristão, especialmente um novo convertido, imbuído da irmandade dos Homens e da paternidade de Deus?

Joseph fez uma pausa para responder, com uma expressão de satisfação instável, como alguém que resolvera um problema por meio de um método duvidoso. Em seguida, levantou-se e bebeu um copo de uísque de uma garrafa cheia que estava sobre o balcão e retomou sua história logo depois.

— Além disso, ele não tinha grande valia – nunca sabia de nada e ainda dava uma de arrogante. Quanto a isso, eles são todos iguais. Eu negava o que ele dizia, e ele teimava no mesmo enquanto fosse possível; mas, depois de lhe dar a outra face 77 vezes[1], mudei meu discurso para que aquilo não durasse para sempre. E estou muito feliz por ter tido humildade o bastante para fazê-lo.

A alegria de Joseph – que, de certa forma, não me impressionara – foi devida e ostensivamente celebrada com a garrafa.

1 Referência à passagem bíblica do livro de Lucas, capítulo 6, versículo 29. (N. do T.)

— Cerca de cinco anos atrás, comecei a levantar uma choupana. Isso foi antes de construir esta aqui, o que fiz em um lugar completamente diferente do anterior. Mandei o tal Ah Wee e um rapazote irritante chamado Gopher irem cortar a madeira para o casebre. É claro que eu não esperava que Ah Wee fosse de grande ajuda, já que seu rosto era como um dia de junho[2] e seus olhos eram grandes e negros – imagino que fossem os olhos mais demoníacos de todas estas paragens.

Ao lançar esse ataque incisivo ao bom senso, o sr. Dunfer olhou distraidamente para um nó na fina divisória de madeira que separava o bar de sua sala de estar, como se aquele fosse um dos olhos cujo tamanho e cor haviam incapacitado seu criado a trabalhar de forma satisfatória.

— Mas vocês, idiotas da costa leste, não são capazes de acreditar em nada que se diga contra esses demônios amarelos, — subitamente, um semblante de seriedade não muito convincente irrompeu em seu rosto — mas estou lhe afirmando que aquele china era o canalha mais perverso de toda a região de São Francisco. O miserável mongol de rabo de cavalo começou a cortar a borda de todas as árvores mais novas, como um verme da terra roendo um rabanete. Apontei seu erro com a maior paciência do mundo e mostrei-lhe como tinha que cortar dos dois lados ao mesmo tempo, para que caíssem na direção certa; mas, assim que lhe dei as costas, *assim* — e ele virou-se de costas para mim, enriquecendo seu exemplo com um pouco mais de bebida —, voltou a retomar o que fazia, da mesmíssima forma. Tudo se passava exatamente assim: enquanto eu estava olhando para ele, *dessa maneira* — e ele me mirava, de forma um tanto quanto instável, com evidentes problemas de visão —, fazia tudo direitinho. Mas, quando desviava o olhar, *assim* — e dava um longo gole na garrafa —, ele fazia o contrário do que havia dito. E eu encarava-o com reprovação, e ele fazia de conta que não tinha feito absolutamente nada de errado.

2 A expressão em inglês *like a day in June* ("como um dia de junho", em português), atualmente em desuso, refere-se aos dias do verão, vermelhos – metonímia para quentes – e opressivos. (N. do T.)

Sem dúvida, o sr. Dunfer pretendia sinceramente que o olhar que me lançara fosse tão simplesmente um olhar de reprovação, mas era bastante adequado para despertar a mais grave apreensão em qualquer pessoa desprevenida que desse com ele; e, como eu havia perdido todo o interesse em sua narrativa inútil e interminável, levantei-me para ir embora. Mal havia acabado de me levantar, ele voltou-se novamente para o balcão e, com um "assim" quase inaudível, esvaziou a garrafa de um só gole.

Deus do céu! Que grito! Parecia um titã em sua última e intensa agonia. Joseph cambaleou para trás depois de haver gritado, tal qual um canhão depois de ter disparado sua bala, e, então, caiu na cadeira como se tivesse levado a "pancada na cabeça" que se usa para matar um boi, com os olhos voltados para o lado, na direção da parede, dominados pelo terror. Ao olhar na mesma direção que ele, vi que o buraco na parede havia se tornado um olho humano de verdade – um olho grande e preto, que olhava fixamente para os meus com total inexpressividade, ainda mais terrível do que o brilho mais diabólico. Acredito ter coberto o rosto com as mãos para afastar de mim aquela terrível ilusão – se é que era realmente uma ilusão –, e, logo em seguida, o sujeitinho que era o faz-tudo de Joseph, entrando na sala, terminou de romper o feitiço, e eu saí imediatamente da casa, em uma espécie de torpor amedrontado, temendo que aquele *delirium tremens* fosse contagioso. Meu cavalo estava atrelado ao bebedouro, e, desamarrando-o, montei-o e deixei que ele tomasse o caminho que quisesse, pois minha mente estava perturbada demais para notar aonde estava indo.

Eu não sabia o que inferir de tudo aquilo e, como todo mundo que não sabe o que pensar, pensei bastante, e sem muito objetivo. A única reflexão que me pareceu satisfatória foi que amanhã eu estaria a alguns quilômetros de distância dali, com uma enorme probabilidade de nunca mais voltar.

Um frio repentino me tirou de minha abstração, e, ao olhar para cima, vi-me adentrando as profundezas sombrias da ravina. O dia estava abafado, e essa transição do calor impiedoso e visível dos campos ressecados para a escuridão gélida, corpulenta

– devido à pungência dos cedros – e sonora – dado o chilrear dos pássaros que se dirigiam ao seu frondoso refúgio – foi arrebatadoramente refrescante. Saí à procura do meu segredo, como sempre, mas, como a ravina não parecia estar disposta a comunicá-lo, desmontei, conduzi meu suado animal através da vegetação rasteira, amarrei-o firmemente a uma árvore e sentei-me em uma pedra para meditar.

Corajosamente, comecei a analisar minha superstição favorita acerca daquele lugar. Tendo-o dividido em seus elementos constituintes, organizei-os em tropas e esquadrões convenientes e, reunindo todas as forças de minha lógica, ataquei-os a partir de premissas inexpugnáveis, com o estrondo de conclusões irresistíveis e um grande barulho de carruagens e do clamor intelectual geral. Então, quando meus grandes canhões mentais derrubaram toda a oposição e rosnaram quase inaudivelmente no horizonte da pura especulação, o inimigo derrotado avançou pela retaguarda, reuniu-se silenciosamente em uma falange sólida e me capturou, de mala e cuia. Um pavor indefinível tomou conta de mim. Levantei-me para me livrar dele e comecei a atravessar o vale estreito por uma velha trilha coberta de grama que parecia fluir ao longo do seu fundo, como um substituto para o riacho que a natureza havia negligenciado em fornecer.

As árvores por entre as quais o caminho se alastrava eram plantas comuns e bem-comportadas, com troncos um tanto quanto perversos e galhos excêntricos, mas sem nada de sobrenatural em seu aspecto geral. Algumas rochas esparsas, que se tinham soltado das paredes da depressão para estabelecer uma existência independente no fundo, bloqueavam o caminho aqui e ali, mas o seu pouso pedregoso em nada se assemelhava à quietude da morte. Havia uma espécie de silêncio típico de uma câmara mortuária no vale, é verdade, e um sussurro misterioso pairava logo acima, já que o vento tocava levemente a copa das árvores – e isso era tudo.

Não passou pela minha cabeça ligar a narrativa embriagada de Joseph Dunfer ao que eu estava procurando agora, e foi apenas quando havia chegado a uma clareira e tropeçado nos troncos achatados de algumas árvores pequenas é que me veio a revelação. Encontrava-me no local da "cabana" abandonada. Descobri ser aquele o fatídico lugar ao observar que haviam cortado as laterais de alguns dos tocos apodrecidos, de uma forma nada profissional, ao passo que outros haviam sido fendidos em linha reta, com as extremidades correspondentes em forma de cunha, pela ação do machado de um mestre.

A tal clareira entre as árvores não tinha mais de 30 passos de largura. De um lado, havia uma pequena colina – uma colina natural, sem arbustos, recoberta de grama selvagem –, e, do outro, destacando-se em meio à grama, via-se a lápide de uma sepultura!

Não me lembro de ter ficado nem um pouco surpreso com essa descoberta. Observei aquela sepultura solitária sentindo algo semelhante ao que provavelmente Colombo sentira ao avistar as colinas e montanhas do Novo Mundo. Antes de me aproximar, procedi a um vago levantamento dos arredores. Culpo-me até mesmo de ter me dado ao luxo de dar corda em meu relógio naquela hora incomum, com um desnecessário cuidado e certa ponderação. E, então, aproximei-me da incógnita que tinha diante de mim.

A sepultura – bastante pequena, a meu ver – estava em melhor estado de conservação do que seria compatível com sua óbvia antiguidade e isolamento, e meus olhos, ouso dizer, arregalaram-se um pouco ao avistar um ramo de flores, certamente cultivadas, que mostravam evidências de rega recente. Era óbvio que a pedra havia cumprido a função de soleira de porta anteriormente. Uma inscrição estava gravada – ou melhor, escavada – no seu frontispício. Lia-se o seguinte:

*AH WEE – CHINÊS*

*Idade desconhecida. Trabalhou para Joseph Dunfer.*

*Este monumento foi erguido por ele para*

*manter fresca a memória do china.*

*E, como um aviso aos Celestiais,*

*para que não se tornem arrogantes.*
*Que o Diabo os leve! Ela era gente boa.*

Não consigo descrever adequadamente meu espanto diante dessa singular inscrição! A escassa, mas suficiente identificação do falecido, a ousada sinceridade da confissão, a brutal maldição, a ridícula confusão de gênero e de sentimentos – tudo identificava aquela gravação como o trabalho de alguém que certamente se mostrava tão demente quanto enlutado. Senti que qualquer revelação adicional seria um insignificante anticlímax e, com uma inconsciente preocupação pelo efeito dramático de tudo aquilo, dei meia-volta e fui embora. Tampouco voltei àquela parte do condado durante os quatro anos seguintes.

## II.

## QUEM CONDUZ BOIS SADIOS DEVE SER SÃO

— Arre, velho Fuddy-Duddy[3]!

Essa exortação única veio dos lábios de um estranho homenzinho empoleirado em uma carroça cheia de lenha, atrás de uma parelha de bois que a puxavam com facilidade, mesmo que simulassem grande esforço, o que evidentemente não havia convencido seu senhor e mestre. Como naquele exato instante o tal cavalheiro me encarava diretamente, enquanto eu estava à beira da estrada, não ficara totalmente claro se estava se dirigindo a mim ou a seus animais; tampouco poderia afirmar com certeza se os bois se chamavam Fuddy e Duddy e eram os sujeitos a quem se referia o seu "arre". De qualquer forma, a ordem não produziu nenhum efeito sobre nenhum de nós, e o esquisito homenzinho afastou seus olhos dos meus por tempo suficiente para açoitar Fuddy e Duddy alternadamente com uma longa

3 Termo popular em inglês já em desuso. Careta, antiquado. (N. do T.)

vara, comentando, baixinho, mas com sentimento: — Maldito seja o seu couro! — como se ambos dividissem a mesma pele. Ao perceber que meu pedido de carona não havia recebido nenhuma atenção e descobrir-me ficando, pouco a pouco, para trás, enfiei meu pé no interior do aro de uma das rodas traseiras e fui lentamente içado até o alto, tendo embarcado, assim, na carroça, *sans cérémonie*[4], e, avançando, sentei-me ao lado do motorista - que não notou minha presença até ter aplicado outro castigo indiscriminado aos seus bois, acompanhado do conselho de "apertem o passo, seus malditos inúteis!". Então, o mestre da companhia (ou melhor, o antigo mestre, pois não pude reprimir a estranha sensação de que toda aquela corporação agora nada mais era que minha legítima propriedade) fixou em mim seus grandes olhos negros, com uma expressão estranha - e um tanto quanto desagradável, familiar -, largou sua vara - que não chegou a florescer nem se transformar em serpente, como eu esperava - e cruzou os braços, perguntando, com toda a seriedade: — O que você fez com o Whisky?

Minha resposta natural teria sido que eu o tinha bebido, mas havia algo na pergunta que sugeria um significado oculto e algo no homem que não inspirava nenhuma piadinha sem graça. E, assim, não tendo outra resposta pronta, simplesmente contive a língua, mas senti como se estivesse sendo acusado de algo e que meu silêncio seria interpretado como uma confissão de culpa.

Foi só então que uma sombra fria recaiu sobre meu rosto e me fez olhar para cima. Estávamos descendo até a minha ravina! Não consigo descrever a sensação que tomou conta de mim: eu não a via desde que ela se revelara, quatro anos antes, e agora me sentia como alguém a quem um amigo confessara, com tristeza, um crime havia muito tempo e que, por isso, o abandonara cruelmente. As velhas memórias de Joseph Dunfer, sua revelação fragmentária e a insatisfatória nota explicativa na lápide retornaram com singular clareza. Perguntei-me o que teria acontecido com Joseph e... virei-me com brusquidão e perguntei justamente

4 "Sem cerimônia", em francês. (N. do T.)

isso ao meu prisioneiro. Ele observava atentamente o seu gado e, sem desviar os olhos, respondeu:

— Arre, tartaruga inútil! Ele jaz ao lado de Ah Wee ali na ravina. Gostaria de ir lá ver? Eles sempre voltam ao mesmo local... Eu estava esperando por você. Eiaaaa!

Ao enunciar a interjeição, Fuddy-Duddy, a tartaruga inútil, estacou subitamente e, antes que a última vogal parasse de soar ravina acima, dobrou todas as suas oito pernas por sobre a estrada empoeirada, independentemente do efeito sobre seu maldito couro. O homenzinho esquisito escorregou de seu assento até o chão e começou a subir o vale sem se dignar a olhar para trás para ver se eu o estava seguindo. Mas eu estava.

Estávamos mais ou menos na mesma estação do ano e quase na mesma hora do dia de minha última visita. Os gaios cantavam alto, e as árvores sussurravam de maneira sombria, como antes, e de alguma forma tracei nos dois sons uma analogia fantasiosa com a arrogância descarada do palavrório do sr. Joseph Dunfer e a misteriosa reticência de seus modos, além da mescla de resistência e ternura de sua única produção literária – o tal epitáfio. Tudo naquele vale parecia inalterado, a não ser a velha trilha, que estava quase totalmente recoberta de ervas daninhas. No entanto, quando chegamos à "clareira", viam-se enormes mudanças. Entre os tocos e troncos das árvores novas caídas, aquelas que haviam sido cortadas "à moda chinesa" não eram mais distintas daquelas cortadas "à moda de Mexican Hill". Era como se a barbárie do Velho Mundo e a civilização do Novo Mundo tivessem reconciliado suas diferenças por meio da mediação de uma decadência imparcial – como se passa com toda civilização. Lá estava a colina, mas os arbustos hunos haviam tomado e praticamente eliminado sua grama decadente; e a violeta romana capitulara diante de seu irmão plebeu – e, talvez, simplesmente, tenha retornado ao seu tipo original. Uma outra sepultura – uma tumba grande e robusta – foi erigida ao lado da primeira, que parecia se encolher diante da comparação, e, à sombra de uma nova lápide, a antiga jazia prostrada, com sua maravilhosa inscrição, ilegível devido ao acúmulo de folhas e de terra. Em termos de mérito literário, a nova era muito inferior à antiga - chegava até mesmo a ser repulsiva, por sua zombaria concisa e cruel:

*JOSEPH DUNFER. LIQUIDADO.*

Afastei-me dela com indiferença e, retirando as folhas da lápide do pagão morto, restaurei à luz as palavras zombeteiras que, saídas de sua longa negligência, pareciam ter um certo *pathos*[5]. Meu guia também pareceu assumir uma seriedade adicional ao lê-la, e imaginei poder detectar em seus modos caprichosos algo de honradez, quase de dignidade. Mas, à medida que eu olhava para ele, seu aspecto anterior, tão sutilmente desumano, tão tentadoramente familiar, voltou a aparecer em seus olhos grandes, repulsivos e atraentes. Resolvi pôr fim ao mistério, se é que seria possível.

— Meu amigo, — disse eu, apontando para o túmulo menor — por acaso foi Joseph Dunfer quem matou aquele chinês?

Ele estava recostado a uma árvore e olhava para o topo de uma outra através da clareira, ou para o céu azul mais além. Não desviou os olhos, tampouco mudou sua postura enquanto respondia, lentamente:

— Não, senhor. Ele assassinou-o, com toda a razão.

— Então, efetivamente, foi ele quem o matou.

— Se o matou? Devo dizer que sim. E acaso todo mundo não sabe disso? Ele não se apresentou diante do juiz e confessou tudo? E eles não chegaram ao veredito de "encontrou a morte por conta de um saudável sentimento cristão que operava no coração caucasiano"? E a igreja de Hill não rejeitou Whisky por causa disso? E o povo soberano não o elegeu juiz de paz para se vingar dos evangelistas? Não faço ideia de onde você tenha sido criado.

5 "Paixão", em grego clássico. Diz-se de algo que tem qualidade artística, estimulando sentimentos de piedade, de melancolia ou ternura. (N. do T.)

— Mas Joseph fez isso porque o chinês não aprendeu ou não quis aprender a cortar árvores como um homem branco?

— É claro! Está tudo devidamente registrado, o que torna tal ação verdadeira e legal. O fato de minhas ações serem melhores não tem importância para a verdade da lei; não era o meu funeral, e eu não fui convidado a fazer um discurso. Mas o fato é que Whisky estava com ciúmes de *mim* — e, ao falar tal coisa, o miserável do sujeitinho estufou o peito como um peru e fingiu ajustar uma gravata imaginária, observando o efeito de seu gesto na palma da mão, erguida diante de mim, como se representasse um espelho.

— Com ciúmes de *você*! — repeti grosseiramente, devido ao meu espanto.

— Foi o que eu disse. E por que não?... Não pareço bem?

Ele assumiu a zombeteira atitude de uma fingida graciosidade e alisou o amassado do colete puído. Então, baixando subitamente a voz para um tom grave de singular doçura, continuou:

— Whisky pensava o tempo todo naquele china, ninguém além de mim sabia quanto ele o adorava. Não conseguia mantê-lo fora do alcance de seus olhos, o maldito protoplasma! E quando, certo dia, ele chegou até esta clareira e encontrou nós dois negligenciando nosso trabalho - ele, dormindo, e eu, agarrando uma tarântula que saía da manga da camisa dele -, Whisky agarrou meu machado e nos atacou, com toda a força! Eu me esquivei naquele exato momento, porque a aranha tinha me picado, mas Ah Wee levou um golpe na lateral do corpo e saiu rolando como um peso morto. Whisky estava a ponto de me atacar novamente quando viu a aranha presa no meu dedo - e foi então que ele soube que tinha feito papel de idiota. Jogou longe o machado e ajoelhou-se ao lado de Ah Wee, que deu um último pontapé, abriu os olhos - ele tinha olhos iguais aos meus - e, estendendo as mãos, segurou a cabeça feia do Whisky e segurou-a até o fim, o que não demorou muito, pois logo um tremor percorreu todo o seu corpo, ele gemeu baixinho e se entregou.

No decorrer da sua narrativa, o homenzinho ficou transfigurado. Um elemento cômico, ou melhor, um elemento sarcástico transparecia em seu semblante, e, à medida que ele pintava aquela estranha cena, tive enorme dificuldade em manter a compostura. E, de certa forma, aquele ator perfeito envolveu-me de tal maneira que a devida simpatia aos seus *dramatis personæ*[6] cabia apenas a ele mesmo. Avancei para agarrar sua mão, quando, subitamente, um largo sorriso pululou em seu rosto, e, com uma risada leve e debochada, ele continuou:

— Quando Whisky conseguiu se safar dessa história toda, que espetáculo se tornou! Todas as suas roupas finas - ele se vestia de maneira muito elegante naquela época - se transformaram em farrapos dali em diante! Seus cabelos viviam desgrenhados, e seu rosto - o que dava para ver dele - ficara mais pálido do que um par de lírios. Ele me encarou uma única vez, e acabou desviando o olhar como se eu nem sequer estivera ali; e, depois, eu passei a sentir uma dor pior que a seguinte, do meu dedo picado até a cabeça, e Gopher perdeu os sentidos. É por isso que não estive no inquérito.

— Mas por que você não deu com a língua nos dentes depois? — perguntei.

— Minha língua não é dessas — respondeu ele, e não disse nem mais uma palavra a esse respeito.

— Depois disso, Whisky começou a beber cada vez mais e se tornou um antiforasteiros cada vez mais fervoroso, mas não acho que ele tenha ficado particularmente feliz por ter dado cabo do Ah Wee. Quando estávamos só nós dois, não se mostrava tão fanático quanto ao ouvir alguma maldita "extravagância espetacular" de gente como você. Ele mesmo tratou de fazer essa lápide e gravou a inscrição com uma goiva, de acordo com o humor do dia. Demorou três semanas para terminar, trabalhando entre um drinque e outro. Eu gravei a dele em um único dia.

6 "Personagens da trama", em latim. (N. do T.)

— Quando Joseph morreu? — perguntei, sem pensar. A resposta me tirou o fôlego:

— Pouco depois que olhei para ele através daquele nó na madeira, no dia em que você colocou alguma coisa no uísque dele, seu traidor maldito!

Recuperando-me um pouco da surpresa diante dessa espantosa acusação, por pouco não estrangulei aquele ousado delator, mas contive-me diante de uma súbita convicção que me veio à mente, como uma revelação. Fixei nele um olhar sério e perguntei, o mais calmamente que pude: — E quando você ficou louco?

— Nove anos atrás! — gemeu ele, estendendo as mãos cerradas. — Nove anos atrás, quando aquele grande bruto matou a mulher que o amava muito mais do que a mim! Justo a mim, que a vinha seguindo desde São Francisco, onde ele a ganhou no pôquer! E fui eu que cuidei dela por anos, quando o canalha a quem ela pertencia tinha vergonha de reconhecê-la e tratá-la como uma mulher branca! Eu, que - pelo bem dela - mantive seu maldito segredo até os vermes comerem seus ossos. Eu, que, quando você envenenou a besta, cumpri seu último pedido e enterrei-o ao lado dela, e erigi uma lápide para ele! E, desde então, não havia visitado seu túmulo até agora, pois não queria encontrá-lo aqui.

— Encontrá-lo? Ora, Gopher, meu pobre camarada, mas ele está morto!

— É por isso que tenho medo dele.

Segui o pequeno desgraçado de volta à sua carroça e apertei sua mão ao despedir-me. Já era noite, e ali, à beira da estrada, na escuridão cada vez mais profunda, observando os contornos vazios da carroça que se afastava, um som chegou até mim, carregado pelo vento da tarde - um som parecido com uma série de vigorosos golpes, e com uma voz, soando em meio à noite:

— Arre, seu velho gerânio[7] maldito.

7 Termo popular à época do conto, que fazia alusão a uma bela dama. (N. do T.)

# UMA NOITE DE VERÃO

O fato de Henry Armstrong ter sido enterrado não lhe parecia provar que estivesse morto: ele sempre foi um homem difícil de convencer. Que fora realmente enterrado, o testemunho de seus sentidos o compelia a admitir. Sua postura – deitado de costas, com as mãos cruzadas sobre a barriga e amarradas com algo que ele havia rompido facilmente, sem alterar aquela situação de forma proveitosa –, o estrito confinamento de toda a sua pessoa, a escuridão negra e o silêncio profundo formavam um conjunto de evidências que tornaria impossível contestar tal fato, fazendo com que ele o aceitasse sem objeções.

Mas morto – não; ele estava apenas muito, muito doente. E apresentava, além disso, a apatia típica dos moribundos, sem se preocupar muito com o destino incomum que lhe fora atribuído. Ele não era nenhum filósofo – apenas uma pessoa simples e comum, dotada, naquele momento, de uma indiferença patológica: o órgão cujos efeitos mais lhe davam medo encontrava-se enfermiço. E, assim, sem nenhuma preocupação especial com seu futuro imediato, ele adormeceu, e tudo era paz para Henry Armstrong.

Mas algo vinha acontecendo lá em cima. Fazia uma noite escura de verão, pontuada por ocasionais clarões de relâmpagos, lançados silenciosamente por uma nuvem baixa a oeste e que prenunciavam uma tempestade. Esses breves e trêmulos lampejos realçavam com uma evidência aterradora as estátuas e lápides do cemitério, parecendo fazê-las dançar. Aquela não era uma noite em que qualquer testemunha confiável estivesse vagando por um cemitério, e, por isso, os três homens que lá estavam, escavando o túmulo de Henry Armstrong, sentiam-se razoavelmente seguros.

Dois deles eram jovens estudantes de uma faculdade de medicina a poucos quilômetros de distância; o terceiro era um enorme homem negro, conhecido como Jess. Durante muitos anos, Jess trabalhara no cemitério como faz-tudo, e sua piadinha favorita era dizer que conhecia "cada alma daquele lugar". Dada a natureza do que estava fazendo agora, era possível concluir que o local não era tão populoso quanto os registros levavam a supor.

Do lado de fora do muro, na parte do terreno mais distante da via pública, havia um cavalo e uma carroça à espera.

O trabalho de escavação não foi difícil: a terra com que a sepultura havia sido preenchida algumas horas antes ofereceu pouca resistência e foi logo retirada. Já remover o caixão do jazigo mostrou-se menos fácil, mas acabaram conseguindo, já que se tratava de uma das prerrogativas do serviço de Jess, que, então, desatarraxou cuidadosamente a tampa e colocou-a de lado, expondo o corpo com calça preta e camisa branca. Naquele mesmo instante, o ar pareceu entrar em chamas, o estrondo de um trovão atordoou todo mundo, e Henry Armstrong sentou-se tranquilamente. Com gritos inarticulados, os homens fugiram, aterrorizados, cada um tendo tomado uma direção diferente. Por nada no mundo dois deles poderiam ter sido persuadidos a retornar. Mas Jess tinha outra índole.

Na manhã cinzenta, os dois estudantes - ainda pálidos e abatidos pela ansiedade e com o terror da aventura ainda latejando de forma tumultuosa em seu sangue - encontraram-se na faculdade de medicina.

— Você viu aquilo? — exclamou um deles.

— Por Deus, sim! O que devemos fazer?

Deram a volta até os fundos do prédio, onde viram um cavalo preso a uma carroça, amarrado a uma coluna perto da porta da sala de dissecação. Sem pensar, entraram na sala. Em um banco, no escuro, sentava-se Jess. Ele levantou-se, sorrindo efusivamente.

— Estou esperando meu pagamento — disse ele.

O corpo de Henry Armstrong encontrava-se nu, estirado sobre uma longa mesa, com a cabeça suja de sangue e argila devido a um golpe de pá.

# A ESTRADA ENLUARADA

## I.

### DECLARAÇÃO DE JOEL HETMAN JR.

Sou o mais desafortunado dos homens. Rico, respeitado, razoavelmente instruído e de boa saúde – e com muitas outras vantagens normalmente valorizadas por aqueles que as têm e cobiçadas por aqueles que não as têm – e, às vezes, imagino que seria menos infeliz se elas me tivessem sido negadas, pois assim o contraste entre minha vida exterior e interior não me chamaria tanta atenção, de forma constante e dolorosa. Em meio às aflições da escassez e diante da necessidade do esforço, talvez pudesse esquecer, vez ou outra, o segredo sombrio cujas conjecturas me confundem todo o tempo.

Sou o único filho de Joel e Julia Hetman. Meu pai era um próspero homem do campo, e minha mãe – uma mulher bonita e talentosa – era sua grande paixão; uma paixão que, hoje, percebo ter sido marcada por uma devoção ciumenta e exigente. A casa da família ficava a poucos quilômetros de Nashville, no estado do Tennessee, uma residência grande, construída de maneira desarmoniosa, sem nenhum ordenamento arquitetônico, ligeiramente afastada da estrada principal, em um recanto cheio de árvores e arbustos.

Na época sobre a qual escrevo, tinha 19 anos e era estudante em Yale. Certo dia, recebi um telegrama de meu pai pedindo minha presença com tanta urgência que me fez voltar imediatamente para casa, a fim de atender à sua inexplicável exigência. Na estação ferroviária de Nashville, um parente distante estava à minha espera para me informar o motivo de minha vinda abrupta: minha mãe havia sido barbaramente assassinada. Ninguém sabia nem o porquê nem por quem, mas as circunstâncias eram as seguintes: meu pai tinha ido a Nashville, com a intenção de retornar na tarde seguinte. Algo o impediu de concluir o negócio que fora realizar, e, assim, ele acabou voltando naquela mesma madrugada, tendo chegado em casa pouco antes do amanhecer. Em seu depoimento perante o legista, ele explicou que, sem ter a chave da porta da frente, tampouco querendo incomodar os criados que ainda dormiam, ele, sem nenhuma intenção claramente definida, deu a volta pelos fundos da casa. Ao dobrar uma das quinas da construção, ouviu o som de uma porta sendo fechada com cuidado e viu, em meio à escuridão, de forma indistinta, a figura de um homem que desapareceu subitamente entre as árvores do terreno. Depois de uma rápida perseguição e uma breve busca pela área – por acreditar que o intruso era alguém que tinha vindo visitar um criado em segredo – terem se revelado infrutíferas, ele entrou pela porta destrancada e subiu as escadas até o quarto de minha mãe. A porta estava aberta, e, ao adentrar a escuridão, ele caiu de cabeça depois de tropeçar em algum pesado objeto no chão. Posso me poupar dos detalhes: tratava-se de minha pobre mãe, morta, estrangulada por mãos humanas!

Nada fora levado da casa, os criados não ouviram nenhum som, e, à exceção daquelas terríveis marcas de dedos na garganta da morta – Deus meu, quem dera pudesse me esquecer delas! –, nenhuma pista do assassino jamais foi encontrada.

Acabei desistindo dos estudos e permaneci ao lado do meu pai, que, naturalmente, mudou bastante. Sempre de temperamento calmo e taciturno, ele agora via-se dominado por um desânimo tão profundo que nada conseguia prender sua atenção, ao passo que qualquer coisa – o som de um passo, o fechamento repentino de uma porta – despertava nele um interesse intermitente, algo que se poderia chamar de apreensão. Diante de qualquer sobressalto nos sentidos, ele ficava visivelmente inquieto e, às vezes, tornava-se pálido, recaindo em seguida em uma apatia ainda mais profunda do que antes. Imagino que ele personificasse o que comumente chamamos de uma "pilha de nervos". Quanto a mim, eu era mais jovem do que agora - e acredito não ser preciso dizer mais nada. A juventude é como a bíblica Gileade, onde se encontra um bálsamo para qualquer ferida. Ah, quem dera eu pudesse habitar novamente aquela terra encantada! Não familiarizado com o luto, não sabia como avaliá-lo, não era capaz de calcular corretamente a força do golpe.

Certa noite, alguns meses depois do terrível acontecimento, meu pai e eu estávamos voltando da cidade rumo à nossa casa. A lua cheia já tinha despontado no horizonte oriental havia cerca de três horas, por todo o campo pairava a solene quietude de uma noite de verão, e nossos passos, além do canto incessante dos gafanhotos, eram os únicos sons que se ouviam por uma boa distância. As sombras negras das árvores estendiam-se ao longo da estrada, que, nos curtos espaços entre elas, cintilava com uma palidez fantasmagórica. Ao nos aproximarmos do portão de nossa casa, cuja fachada encontrava-se à sombra e na qual nenhuma luz brilhava, meu pai parou de repente e agarrou meu braço, dizendo, quase sem respirar:

— Meu Deus! Meu Deus! O que é isso?

— Não estou ouvindo nada — respondi.

— Mas veja ali, veja! — disse ele, apontando ao longo da estrada, bem à nossa frente.

E eu retruquei: — Não há nada aí. Vamos, pai, vamos entrar logo... você não está bem.

Ele soltou meu braço e continuou parado, rígido e imóvel, no meio da estrada iluminada, olhando como alguém completamente desprovido de sentidos. Sob a luz do luar, seu rosto apresentava uma palidez e uma inércia cuja angústia era difícil de exprimir. Puxei a manga de sua camisa levemente, mas ele agora ignorava minha existência. Não demorou para que começasse a recuar, um passo de cada vez, sem jamais tirar os olhos do que via ou pensava estar vendo. Dei meia-volta para segui-lo, mas fiquei indeciso. Não me lembro de nenhum sentimento de medo, a menos que um calafrio repentino tenha sido sua manifestação física. Parecia que um vento gélido havia tocado meu rosto e envolvido meu corpo da cabeça aos pés, e eu era capaz de senti-lo atravessar meus cabelos.

Naquele mesmo instante, minha atenção foi atraída por uma luz que subitamente começara a jorrar de uma janela no andar superior da casa: uma das criadas – despertada sabe-se lá por que misteriosa premonição do mal, e em obediência a um impulso que ela nunca seria capaz de nomear – acabara de acender um lampião. Quando me virei para voltar a acompanhar meu pai, ele já havia sumido, e, em todos os anos posteriores, nem sequer um sussurro acerca de seu destino atravessou as fronteiras da elucubração, vindo do reino do desconhecido.

## II.

## DECLARAÇÃO DE CASPAR GRATTAN

Hoje dizem que estou vivo; amanhã, aqui nesta mesma sala, há de jazer uma forma de barro inanimada que por muito tempo fui eu. Se alguém tirar o pano do rosto daquela coisa desagradável, será simplesmente para satisfazer uma mera curiosidade mórbida. Alguns, sem dúvida, irão mais longe e perguntarão: — Quem era ele? — Nestas linhas forneço a única resposta que sou capaz de dar: Caspar Grattan. Certamente, isso deveria ser suficiente. O nome serviu às minhas necessidades durante mais de 20 anos de uma vida de duração desconhecida. É verdade que fui eu quem o deu a mim mesmo, mas, na falta de outro, eu tinha todo o direito de fazê-lo. Neste mundo é preciso ter um nome; ele evita confusões, mesmo quando não estabelece nenhuma identidade. Alguns, porém, são conhecidos por números, o que também parece ser uma distinção inadequada.

Certo dia, apenas a título de exemplo, estava eu passando por uma rua de uma cidade qualquer, longe daqui, quando encontrei dois homens uniformizados, e um deles, praticamente parando e olhando, curioso, para meu rosto, disse ao seu companheiro: — Aquele homem se parece com o 767. — Algo naquele número parecia-me familiar e horrível. Movido por um impulso incontrolável, saí em disparada para uma rua lateral e continuei correndo até cair, exausto, já no campo, em uma estrada de terra.

Nunca mais me esqueci desse número, e ele sempre me vem à memória acompanhado de obscenidades inarticuladas, gargalhadas tristes, bater de portas de ferro. Por isso insisto em que um nome, mesmo autoconferido, seja muito melhor do que um número. Em breve, terei ambos, no cadastro do cemitério de indigentes. Que sorte!

Devo pedir um pouco de consideração àquele que encontrar este papel. Não se trata da história da minha vida, o conhecimento para escrever tal coisa me foi negado. Trata-se simplesmente de um registro de lembranças imprecisas e, aparentemente, sem nenhuma relação entre elas, algumas tão distintas e sequenciais quanto contas brilhantes em um colar, outras remotas e estranhas, com a aparência de sonhos carmim espaçados com branco e preto - clarões de fogo-fátuo brilhando imóveis e vermelhos em uma grande desolação.

Postado na costa da eternidade, volto-me para dar uma última olhada em direção à terra, ao caminho por onde vim. São 20 anos de pegadas bastante distintas, marcas de pés sangrando, que passaram através da pobreza e da dor, tortuosos e inseguros, como quem cambaleia sob um fardo...

Remoto, sem amigos, melancólico, lento.

Ah, a profecia do poeta a Meu respeito... Como é admirável, terrivelmente admirável!

Para além do início desta *via dolorosa* - esta epopeia de sofrimentos com episódios pecaminosos -, não vejo nada com clareza; tudo está envolto em uma nuvem. Sei que se estende por apenas 20 anos, mas sou um homem velho.

Ninguém é capaz de se lembrar do próprio nascimento – é preciso que lhe contem a respeito. Mas comigo foi diferente; a vida veio até mim com força total, dotando-me de todas as minhas faculdades e poderes. De uma existência anterior sei tanto quanto qualquer um, já que todos têm vagas insinuações, que podem muito bem ser lembranças ou sonhos. Sei apenas que minha primeira consciência foi de uma maturidade física e mental – uma consciência aceita sem surpresa nem conjecturas. Eu simplesmente me vi andando por uma floresta, seminu, com os pés doloridos, indescritivelmente cansado e faminto. Ao ver uma casa de fazenda, aproximei-me e pedi comida, que me foi dada por alguém que perguntou meu nome. Não sabia o que dizer, mesmo sabendo que cada um tinha seu próprio nome. Muito envergonhado, recuei e, chegando a noite, deitei-me na floresta e dormi.

No dia seguinte, entrei em uma grande cidade, cujo nome deixarei de mencionar. Tampouco vou relatar outros incidentes da vida que agora está para terminar – uma vida de peregrinação, a todo momento e em todo lugar assombrada por um sentimento avassalador de haver cometido um crime, como castigo de um erro, e aterrorizado pela punição de tal crime. Deixe-me ver se consigo transformá-lo em narrativa.

Parece-me que já morei perto de uma grande cidade, como um próspero fazendeiro, casado com uma mulher a quem amava e de quem desconfiava. Às vezes, parece-me que tivemos um filho, um jovem de futuro brilhante e promissor. Ele é sempre uma figura vaga, nunca desenhada com clareza, muitas vezes totalmente fora de cena.

Certa noite infeliz, ocorreu-me testar a fidelidade de minha esposa de uma forma vulgar e comum, familiar a todos os que têm conhecimentos de literatura, seja de ficção ou não. Fui à cidade e avisei minha esposa de que devia me ausentar até a tarde seguinte. Mas voltei antes do amanhecer e fui para os fundos da casa, com a intenção de entrar por uma porta cuja fechadura eu havia secretamente adulterado de forma a parecer fechada, mas permanecendo destrancada. Ao me aproximar, ouvi-a abrir-se e fechar-se suavemente e vi um homem fugir para a escuridão. Com o coração dominado pela morte, corri ao seu encalço, mas ele acabou desaparecendo, sem ao menos o azar de ser identificado. Agora, às vezes nem sequer consigo me convencer de que se tratava realmente de um ser humano.

Enlouquecido de ciúme e raiva, cego e bestializado por todas as paixões elementares da masculinidade insultada, entrei na casa e subi as escadas até a porta do quarto de minha esposa. Estava fechada, mas, tendo previamente adulterado também aquela fechadura, entrei com facilidade e, apesar da escuridão, postei-me sem demora ao lado de sua cama. Tateando com as mãos, percebi que, mesmo desarrumado, o leito encontrava-se desocupado.

"Ela está lá embaixo", pensei, "e, apavorada com a minha chegada, fugiu de mim em meio à escuridão do corredor."

Com o propósito de procurá-la, virei-me para sair da sala, mas tomei a direção errada – e a correta! Meu pé atingiu-a, encolhida a um canto do quarto. Instantaneamente, minhas mãos estavam em sua garganta – abafando um grito –, e meus joelhos, sobre seu corpo, que se debatia. E ali, na escuridão, sem uma palavra de acusação ou reprovação, estrangulei-a até a morte!

E, nesse instante, termina o sonho. Contei-o no passado, mas seria mais adequado tê-lo feito no presente, pois repetidas vezes a sombria tragédia se reencena em minha consciência – repetidamente, eu elaboro o plano, sofro sua confirmação, insisto no erro. E, então, tudo vira um vazio; e, em seguida, a chuva bate nas vidraças sujas, ou a neve cai sobre a minha pouca roupa, as rodas chacoalham nas ruas sórdidas onde passo minha vida, em meio à pobreza e a ofícios miseráveis. Se alguma vez o sol despontou no céu, não me lembro; se há pássaros, eles não cantam.

Há ainda um outro sonho, uma outra visão noturna. Estou entre as sombras de uma estrada iluminada pela lua. Tenho consciência de haver uma outra presença comigo, mas não sei dizer de quem se trata. À sombra de uma grande construção capto o brilho de vestes brancas; e, então, a figura de uma mulher me confronta na estrada – minha esposa assassinada! Há morte em seu rosto, marcas em sua garganta. Ela tem os olhos fixos nos meus, com uma seriedade irrestrita que não é reprovação, nem ódio, nem ameaça, nem nada menos terrível do que o mero reconhecimento. Diante dessa terrível aparição, retiro-me, aterrorizado – um terror que toma conta de mim enquanto escrevo. Não consigo mais moldar corretamente as palavras. Veja ali! Eles...

Agora estou calmo, mas, na verdade, não há mais nada a contar: o incidente termina onde começou – na escuridão e na dúvida.

Sim, estou novamente no controle: sou de novo "dono de mim mesmo". Mas não se trata de uma trégua, apenas de uma outra etapa, de uma outra fase de expiação. Minha penitência, mesmo que sempre constante, apresenta-se mutável, e uma de suas variantes é a tranquilidade. Afinal de contas, não passa de uma sentença de prisão perpétua. "Para o Inferno por toda a eternidade" – essa é uma punição tola: o próprio culpado escolhe a duração de sua pena. Hoje, minha sentença expira.

A todos, a paz que não era minha.

## III.

## DECLARAÇÃO DA FALECIDA JULIA HETMAN, POR MEIO DO MÉDIUM BAYROLLES

Tinha ido me deitar cedo e caíra quase imediatamente em um sono tranquilo, do qual acordei com aquela sensação indefinível de perigo que é, creio eu, uma experiência comum naquela outra vida, anterior a esta. Ao mesmo tempo, estava inteiramente convencida de não haver nenhum sentido em tal sensação, mas continuei a lhe dar atenção. Meu marido, Joel Hetman, estava fora de casa; os criados dormiam em outra parte da casa. Mas toda essa situação me era familiar, e eu nunca havia me angustiado antes. Ainda assim, o estranho terror tornou-se tão insuportável que, vencendo a minha relutância em me mover, sentei-me e acendi o lampião ao lado da cama. Contrariamente à minha expectativa, fazê-lo não me trouxe nenhum alívio; a luz parecia um perigo adicional, pois pensei que seu brilho passaria por baixo da porta, revelando minha presença a qualquer coisa maligna que pudesse estar à espreita lá fora. Vocês que ainda estão no mundo material, sujeitos aos horrores da fantasia, imaginem a dimensão do medo que busca na escuridão uma segurança contra as malévolas entidades da noite. É o que fazemos ao nos vermos diante de um inimigo invisível – nada mais que a estratégia do desespero!

Tendo apagado o lampião, puxei a roupa de cama sobre minha cabeça e fiquei deitada, tremendo em silêncio, incapaz de gritar, esquecendo-me de rezar. Nesse estado lamentável devo ter permanecido durante o que vocês chamam de horas – aqui não há horas, não há tempo.

Por fim, chegou – o som suave e irregular de passos na escada! Eram lentos, hesitantes, incertos, como algo incapaz de ver o caminho; e, para a minha razão desordenada, ainda mais aterrorizante justamente por isso, já que não há como apelar a uma entidade maligna, cega e irracional. Cheguei até mesmo a pensar que havia certamente deixado o lampião do corredor aceso, e o tatear dessa criatura provava se tratar de um monstro da noite. Tal pensamento era uma tolice, totalmente inconsistente com meu pavor anterior à luz, mas o que vocês queriam? O medo não tem cérebro, é um idiota. O testemunho sombrio que nos oferece e o conselho covarde que ele sussurra não têm nenhuma relação um com o outro. Nós sabemos disso muito bem, aqueles que passamos para o Reino do Terror, que nos escondemos no crepúsculo eterno entre as cenas de nossas vidas anteriores, invisíveis até mesmo para nós e uns para os outros, ocultos, completamente desamparados em lugares solitários; ansiando por conversar com nossos entes queridos, mas, ainda assim, mudos, e com tanto medo deles quanto eles de nós. Às vezes, tal deficiência é removida, a lei é suspensa: pelo poder imortal do amor ou do ódio, quebramos o feitiço – e somos vistos por aqueles a quem gostaríamos de alertar, consolar ou punir. Que forma parecemos ter para eles não sabemos; sabemos apenas que acabamos aterrorizando até mesmo aqueles a quem mais desejamos confortar e de quem mais desejamos ternura e simpatia.

Perdoem-me, peço-lhes, a digressão inconsequente daquela que já foi uma mulher. Vocês que nos consultam dessa forma imperfeita – vocês não entendem. Fazem perguntas tolas sobre coisas desconhecidas e proibidas. Muito do que sabemos e poderíamos transmitir em nossa fala não tem sentido no seu linguajar. Devemos nos comunicar com vocês por meio de um intelecto que balbucia as mínimas frações da nossa língua que vocês são capazes de entender. Vocês pensam que estamos em um outro mundo. Não, não temos conhecimento de nenhum mundo além do seu, mesmo que, para nós, ele não contenha luz solar, nem calor, nem música, nem risos, nem cantos de pássaros, nem companhia alguma. Ó, Deus, que coisa terrível é ser um fantasma, encolhido e tremendo em um mundo alterado, vítima da apreensão e do desespero!

Não, eu não morri de susto: a Coisa virou-se e foi embora. Ouvi-a descer as escadas, com pressa, como se tivesse sido dominada por um medo repentino, pensei eu. Então, levantei-me para pedir ajuda. Mas minha mão trêmula mal tinha encontrado a maçaneta quando – meu Deus misericordioso! – ouvi-a retornar. O som de seus passos ao subir novamente as escadas era rápido, pesado e forte, fazendo toda a casa sacudir. Corri até um canto da parede e agachei-me no chão. Tentei rezar. Tentei chamar o nome do meu querido marido. Então, ouvi a porta ser aberta. Houve um intervalo de inconsciência e, quando voltei a mim mesma, senti um aperto estrangulador na minha garganta – senti meus braços baterem languidamente em algo que me empurrava para trás – senti minha língua sair por entre meus dentes! E, em seguida, passei para esta vida.

Não, não faço ideia do que foi aquilo. A somatória de tudo o que sabíamos na morte é a medida do que haveremos de saber depois de tudo o que acontecera antes. Desta existência sabemos muitas coisas, mas nenhuma nova luz incide sobre página alguma dela; na memória está escrito tudo o que podemos ler. Aqui não há verdades superiores capazes de ver, do alto, a paisagem confusa deste domínio duvidoso. Continuamos morando no Vale das Sombras, espreitando em seus lugares desolados, espiando entre arbustos e matagais seus loucos e malignos habitantes. Como haveríamos de ter novos conhecimentos sobre esse passado que está desaparecendo?

O que estou prestes a contar aconteceu em uma certa noite. Sabemos quando é noite, pois então vocês se retiram para sua casa e podemos nos aventurar fora de nosso esconderijo, movimentando-nos sem medo pela nossa antigas morada, olhando pelas janelas, e até mesmo entrando para contemplar seus rostos enquanto vocês dormem. Eu permanecera muito tempo perto da residência aonde fui tão cruelmente transformada no que sou agora, como fazemos enquanto alguém que amamos ou odiamos ali permanece. Em vão, procurei algum método de me manifestar, alguma forma de fazer com que minha existência ininterrupta, meu grande amor e minha intensa piedade fossem compreendidos pelo meu marido e pelo meu filho. Sempre que estavam dormindo, acabavam acordando, ou se, no meu desespero, eu ousava me aproximar deles quando ainda estavam acordados, voltavam para mim os olhos terríveis dos vivos, afastando-me de meu propósito justamente com o olhar pelo qual eu tanto ansiava.

Naquela noite, procurei-os sem sucesso, temendo encontrá-los; eles não estavam em nenhum lugar da casa, nem no gramado iluminado pela Lua. Pois, embora para nós o Sol esteja perdido para sempre, a Lua, cheia ou nova, continua a aparecer para nós. Às vezes, brilha à noite, às vezes, de dia, mas sempre nasce e se põe, como nessa outra vida.

Saí do gramado, movendo-me na luz branca e no silêncio, ao longo da estrada, sem rumo e desolada. Subitamente, ouvi a voz do meu pobre marido em meio a exclamações de espanto, juntamente com a do meu filho, que proferia palavras de segurança e dissuasão; e ali, à sombra de um grupo de árvores, estavam eles – perto, tão perto! Seus rostos estavam voltados para mim, os olhos do homem mais velho fixos nos meus. Ele me viu – por fim, por fim, ele me viu! Consciente de tudo aquilo, meu terror fugiu, como um sonho cruel. O feitiço da morte fora quebrado: o amor derrotou a Lei! Louca de exultação, gritei – devo ter gritado: — Ele está me vendo, está me vendo, ele vai entender! — Então, controlando-me, avancei, sorridente e conscientemente bela, para me oferecer em seus braços, confortá-lo com carinhos e, com a mão do meu filho na minha, proferir palavras que deveriam restaurar os laços rompidos entre os vivos e os mortos.

Mas ai de mim, ai de mim! Seu rosto ficou pálido de medo, seus olhos pareciam iguais aos de um animal caçado. Ele afastava-se de mim à medida que eu avançava e, por fim, virou-se e fugiu para a floresta – de onde eu nunca mais soube de nada.

Ao meu pobre filho, duplamente desolado, nunca fui capaz de transmitir a sensação da minha presença. Em breve, ele também há de passar para esta Vida Invisível e se perder para mim eternamente.

# DIAGNÓSTICO DE MORTE

— Não sou tão supersticioso quanto alguns de seus médicos... os homens de ciência, como gostam de ser chamados — disse Hawver, respondendo a uma acusação que nem sequer fora feita. — Alguns de vocês - apenas alguns, confesso - acreditam na imortalidade da alma e em aparições que vocês nem sequer têm a honestidade de chamar de fantasmas. Não vou além da convicção de que os vivos são às vezes vistos onde não estão, mas onde estiveram - onde viveram por tanto tempo, talvez com tanta intensidade que deixaram sua marca em tudo ao seu redor. Eu sei, de fato, que o ambiente de uma pessoa pode ser tão afetado por sua personalidade que se torna capaz de produzir, muito tempo depois, uma imagem dela aos olhos de outro alguém. Sem dúvida, a personalidade que causa tamanha impressão tem de ser de um certo tipo, assim como os olhos que a percebem - olhos como os meus, por exemplo.

— Sim, o tipo certo de olhos, transmitindo sensações ao tipo errado de cérebro — disse o Dr. Frayley, sorrindo.

— Muito obrigado, é sempre bom ter nossas expectativas satisfeitas. Essa é a resposta que imaginei que você teria a civilidade de me dar.

— Perdoe-me. Mas você diz saber. Isso é dizer muito, não acha? Talvez você não se importe em dizer como chegou a aprender o que sabe.

— Você acabará chamando tudo isso de alucinação, — disse Hawver — mas não importa. — E ele contou a história:

— No verão passado, fui, como você bem sabe, passar essa época de muito calor na cidade de Meridian. O parente em cuja casa eu pretendia ficar estava doente, então, procurei outro lugar para me hospedar. Depois de certa dificuldade, consegui alugar uma casa vazia, que havia sido ocupada por um médico excêntrico chamado Mannering, que partira anos antes - ninguém sabia para onde, nem mesmo seu corretor. Ele mesmo havia construído aquela casa e morado nela com um velho criado por cerca de dez anos. Seus pacientes, nunca muito numerosos, viram-se totalmente abandonados depois de alguns anos. E não foi só isso: ele acabou se retirando quase completamente da vida social, tendo se tornado um recluso. O médico do vilarejo, a única pessoa com quem ele ainda convivia, disse-me ainda que, durante a sua aposentadoria, ele se dedicara a uma única linha de estudo, cujos resultados expôs em um livro que não fora aprovado por seus colegas de profissão - que, na verdade, não o consideravam totalmente são. Não vi o livro e não consigo me lembrar do título, mas me disseram que ostentava uma teoria bastante surpreendente. Ele afirmava ser possível, no caso de muitas pessoas com boa saúde, prever sua morte com precisão, vários meses antes do fatídico evento. O limite, creio eu, era de 18 meses. Havia histórias locais sobre ele ter exercido suas capacidades prognósticas - ou talvez devêssemos dizer diagnósticas -, e diziam também que, em todos os casos, a pessoa cujos amigos ele havia avisado morrera subitamente, na hora marcada e sem causa provável. No entanto, nada disso tem relação com o que tenho a contar - apenas achei que poderia divertir um outro médico.

— A casa estava mobiliada, exatamente como na época em que ele ali morava. Era uma residência bastante sombria para alguém que não fosse recluso nem estudante, e acredito que tenha me transferido algo de seu caráter - talvez um pouco do caráter de seu antigo ocupante; pois nela sempre senti uma certa melancolia que não era natural da minha disposição, tampouco, creio eu, fruto de solidão. Eu não tinha empregados que dormissem em casa, mas sempre fui, como sabe, bastante apegado à minha própria companhia, sendo bastante dedicado à leitura, embora não fosse tanto de estudar. Qualquer que tenha sido a causa, o efeito eram um desânimo e uma sensação de mal iminente, o que acontecia especialmente no escritório do dr. Mannering, embora aquele cômodo fosse o mais claro e arejado da casa. O retrato a óleo em tamanho real do médico estava ali pendurado e parecia dominar a sala por completo. Não havia nada de incomum no quadro; o homem era evidentemente bastante bonito, tinha cerca de 50 anos, cabelos grisalhos, rosto bem barbeado e olhos escuros e sérios. Algo na imagem sempre atraíra e prendera minha atenção. A aparência do homem tornou-se familiar para mim e passou a me "assombrar".

— Certa noite, estava eu passando por esse cômodo em direção ao meu quarto, com um lampião na mão – não havia luz a gás em Meridian. Parei, como sempre, diante do retrato, que à luz da candeia parecia adquirir uma nova expressão, difícil de nomear, mas nitidamente estranha. Aquilo chamou minha atenção, sem, no entanto, me perturbar. Movi o lampião de um lado para o outro e observei os efeitos da luz alterada. Enquanto estava assim ocupado, senti um impulso de me virar. Ao fazê-lo, vi um homem atravessar a sala diretamente em minha direção! Assim que ele se aproximou o suficiente para que a luz iluminasse seu rosto, vi que era o próprio dr. Mannering – era como se o retrato estivesse andando!

— Peço desculpas, disse eu, um tanto friamente, mas se você bateu, não ouvi.

— Ele passou por mim, a um braço de distância, levantou o dedo indicador direito, como se me advertisse de algo, e, sem dizer uma só palavra, saiu da sala, embora eu não tenha percebido como saíra, assim como não o fizera quando de sua entrada.

— É claro que não preciso lhe dizer que você há de chamar de alucinação a tudo isso, ao passo que eu chamo de aparição. Aquela sala tinha apenas duas portas, uma das quais estava trancada; a outra dava para um quarto de onde não havia saída. Meus sentimentos ao perceber tal coisa não constituem parte importante do incidente.

— Sem dúvida, esta lhe parece uma "história de fantasmas" muito comum, construída segundo as linhas regulares estabelecidas pelos antigos mestres da arte. Se assim fosse, eu não haveria de relatá-la, mesmo que fosse verdade. O homem não estava morto, encontrei-o hoje mesmo na Rua Union. Ele passou por mim no meio da multidão.

Hawver terminou a sua história, e os dois homens ficaram em silêncio. O dr. Frayley tamborilou distraidamente na mesa com os dedos.

— Ele lhe disse alguma coisa hoje? — perguntou. — Alguma coisa que o levasse a inferir que não estava morto?

Hawver olhou-o fixamente e nada respondeu.

— Talvez — continuou Frayley — ele tenha feito algum sinal, um gesto, levantou um dedo, como em um aviso. É uma mania que ele tinha - um hábito ao falar algo sério, anunciar o resultado de um diagnóstico, por exemplo.

— Sim, ele costumava fazer isso - exatamente como sua aparição o fizera. Mas, meu Deus, por acaso você o conhecia?

Aparentemente, Hawver estava ficando cada vez mais nervoso.

— Sim, eu o conhecia. Tinha lido seu livro, assim como todo médico haverá de fazê-lo algum dia. Trata-se de uma das contribuições mais marcantes e importantes do século para a ciência médica. Sim, eu o conhecia... doente, ele passou em consulta comigo há três anos. Ele morreu.

Hawver saltou da cadeira, claramente perturbado. Passou a andar de um lado para o outro da sala; então, aproximou-se do amigo e, com uma voz não exatamente firme, disse: — Doutor, o senhor tem algo a me dizer... como médico?

— Não, Hawver. Você é o homem mais saudável que já conheci. Como amigo, aconselho-o a ir para o seu quarto. Você toca violino como um anjo. Toque, toque algo leve e animado. Tire essa maldita coisa ruim de sua mente.

No dia seguinte, Hawver foi encontrado morto em seu quarto, o violino no pescoço, o arco nas cordas, e, diante dele, seu livro de partituras aberto na marcha fúnebre de Chopin.

# O MESTRE DE MOXON

— Você está falando sério? Acredita realmente que uma máquina possa pensar?

Não obtive uma resposta imediata. Aparentemente, Moxon prestava atenção nas brasas da lareira, tocando-as habilmente aqui e ali com o atiçador até que elas sinalizassem seu interesse por meio de um brilho mais forte. Durante várias semanas eu vinha observando nele um hábito crescente de demorar a responder até mesmo às perguntas mais triviais. Seu ar, porém, era mais de preocupação do que de deliberação: qualquer um teria dito que ele tinha "algo em mente".

E, então, ele disse:

— O que é uma "máquina"? A palavra tem sido definida de várias maneiras. Eis aqui a definição de um dicionário popular: "Qualquer instrumento ou constituição em que se aplica uma força, tornando-se então efetiva, ou produzindo um efeito desejado". Pois bem, por acaso o homem não seria uma máquina? E você há de admitir que ele pensa... ou acha que pensa.

— Se você não deseja responder à minha pergunta, — retruquei eu, um tanto quanto irritado — por que não diz logo? Tudo o que você fala não passa de mera evasão. Sabe muito bem que quando digo "máquina" não me refiro a um homem, mas a algo que o homem criou e controla.

— Quando *ela* não controla o homem — disse ele, levantando-se abruptamente e olhando pela janela, através da qual, em meio à escuridão de uma noite tempestuosa, nada era realmente

visível. No momento seguinte, virou-se e acrescentou, sorrindo:
— Perdão, não havia pensado em fugir da questão. Considerei o testemunho inconsciente do autor do dicionário sugestivo e valioso nessa discussão. Posso dar uma resposta direta à sua pergunta com bastante facilidade: acredito que uma máquina seja capaz de pensar acerca do trabalho que está realizando.

Essa resposta era, certamente, bastante direta. Não de todo agradável, pois tendia a confirmar uma triste suspeita de que a dedicação de Moxon aos estudos e ao trabalho na sua oficina não lhe fizera bem. Por um lado, eu sabia que ele sofria de insônia, o que não é um problema simples. Teria ela lhe afetado a mente? Sua resposta à minha pergunta pareceu-me então uma prova de que sim, talvez eu devesse pensar de forma diferente a esse respeito de agora em diante. Àquela época, era bem mais jovem, e entre as bênçãos que não são negadas aos jovens está a ignorância. Incitado por aquele grande fomentador de controvérsias, disse:

— Diga-me, então, por favor, com o que pensa ela... na ausência de um cérebro?

A resposta, que chegou com menos atraso do que o habitual, assumiu sua forma favorita de contra-argumento:

— Com o que pensa uma planta... na ausência de um cérebro?

— Ah, agora as plantas também pertencem à classe dos filósofos! Terei prazer em conhecer algumas de suas conclusões. Pode omitir as premissas à vontade.

— Talvez — respondeu ele, aparentemente não afetado pela minha tola ironia — você possa inferir as convicções delas a partir de seus atos. Pouparei vocês dos exemplos familiares da sensível dormideira[8], das diversas flores insetívoras e daquelas cujos estames se curvam e agitam seu pólen sobre a abelha que nelas entra, para que esta possa fertilizar suas companheiras mais distantes. Mas prestem atenção no que vou dizer. Em um espaço aberto do meu jardim, plantei uma trepadeira. Quando

8 O autor faz referência à sismonastia, efeito que faz com que as folhas dessa planta se fechem ao serem tocadas ou expostas ao calor. (N. do T.)

ela ainda estava apenas despontando na superfície da terra, finquei uma estaca no solo, a 1 metro de distância dela, fazendo-a avançar imediatamente em sua direção para alcançá-la e, quando ela estava prestes a fazê-lo, depois de vários dias, desloquei a estaca em alguns metros. A trepadeira imediatamente alterou seu curso, formando um ângulo agudo, tomando mais uma vez a direção da estaca. Repeti a mesma manobra várias vezes, mas, por fim, como que desanimada, a planta abandonou a perseguição e, ignorando novas tentativas minhas de desviá-la, dirigiu-se até uma pequena árvore mais afastada e subiu nela. As raízes do eucalipto conseguem se prolongar incrivelmente em busca de umidade. Um conhecido horticultor relata que um desses espécimes adentrou um velho cano de esgoto e seguiu por dentro dele até alcançar uma ruptura, onde o haviam removido para dar lugar a um muro de pedra que fora construído ao longo de seu curso. A raiz saiu então do ralo e seguiu pela parede até encontrar uma fresta, onde uma pedra havia caído. Atravessou em seguida o muro e alcançou o lado oposto, tendo voltado ao interior do cano, entrado na parte ainda inexplorada e retomado sua jornada.

— E disse tudo isso para quê?

— Não consegue compreender o significado do que relatei? Essa história demonstra a consciência das plantas. Prova que elas pensam.

— Mesmo que pensem... E daí? Não estávamos falando de plantas, mas de máquinas. Elas podem até mesmo ser compostas, em parte, de madeira - madeira que não tem mais vitalidade - ou ser feitas inteiramente de metal. Acaso o pensamento também é um atributo do reino mineral?

— De que outra forma você explica os fenômenos, por exemplo, da cristalização?

— Eu não os explico.

— Porque você não pode fazê-lo sem corroborar o que deseja negar, ou seja, a cooperação inteligente entre os elementos constituintes dos cristais. Quando os soldados formam linhas ou quadrados vazios, a isso você chama de razão. Quando gansos selvagens em voo assumem a forma de uma letra V, você chama de instinto. Quando os átomos homogêneos de um mineral, movendo-se livremente em uma solução, se organizam em formas matematicamente perfeitas, ou quando partículas congeladas se arranjam em belas formas simétricas de flocos de neve, você não tem nada a dizer. Você nem sequer se deu ao trabalho de inventar um nome para esconder a sua heroica irracionalidade.

Moxon falava com uma animação e seriedade incomuns. Quando ele fez uma pausa em seu discurso, ouvi, em um cômodo ao lado, conhecido por mim como sua "oficina", onde ninguém além dele próprio tinha permissão de entrar, um som singular de batidas, como o de alguém batendo em uma mesa com a mão aberta. Moxon também ouviu o mesmo que eu, no mesmo instante, e, visivelmente agitado, levantou-se e entrou apressadamente na sala de onde vinha tal ruído. Achei estranho que mais alguém estivesse ali, e meu interesse por meu amigo - sem dúvida com um toque de curiosidade injustificável - levou-me a prestar mais atenção ao que ouvia, mesmo que - fico feliz em dizer - não o fizesse através do buraco da fechadura. Houve uma série de sons confusos, como de uma luta ou briga; o chão estremeceu. Pude escutar claramente uma respiração ofegante e um sussurro rouco que dizia — Maldito seja! — Então, tudo ficou em silêncio, e Moxon reapareceu sem demora, dizendo, com um sorriso um tanto quanto entristecido no rosto:

— Perdoe-me por deixá-lo de forma tão abrupta. Tenho ali uma máquina que perdeu a paciência e começou a se agitar.

Fixando os olhos em sua face esquerda, atravessada por quatro ferimentos paralelos que vertiam sangue, eu disse:

— Não seria melhor aparar-lhe as unhas?

Eu poderia ter me poupado da brincadeira; ele não me deu atenção, sentou-se na cadeira da qual havia se levantado e retomou o monólogo interrompido como se nada tivesse acontecido:

— Sem dúvida você discorda daqueles - não preciso nomeá-los para um homem com a sua leitura - que afirmaram que toda matéria é senciente, que cada átomo é um ser vivo, sensível e consciente. Pois eu concordo com eles. Não existe matéria morta e inerte: toda ela está viva; imbuída de um instinto forte, real e potencial; sensível às mesmas forças em seu ambiente e suscetível ao contágio de forças superiores e mais sutis que residem em organismos mais elevados - podendo relacionar-se com elas, como efetivamente o faz em relação aos homens, quando estes a transformam em um instrumento de sua vontade. Toda matéria, então, absorve algo de sua inteligência e de seu propósito - e tanto mais quanto mais complexa for a máquina resultante e seu trabalho.

— Por acaso você se lembra da definição de "vida" de Herbert Spencer[9]? Li a respeito há 30 anos. Ele pode tê-la alterado posteriormente, pelo que fiquei sabendo, mas, durante todo esse tempo, não consegui pensar em uma única palavra que pudesse ser modificada, acrescentada ou removida com proveito. Parece-me não apenas a melhor definição, mas a única possível.

— "A vida" — afirma ele — "é uma combinação precisa de mudanças heterogêneas, simultâneas e sucessivas, em correspondência com coexistências e sequências externas."

— Isso define o fenômeno, — disse eu — mas não dá nenhuma pista de sua causa.

— Isso — retorquiu ele — é tudo que uma definição é capaz de fazer. Como aponta Mill[10], nada sabemos sobre a causa, exceto como antecedente - nada sabemos sobre o efeito, exceto como consecutivo. Quanto a certos fenômenos, o posterior nunca ocorre sem o anterior, o que é diferente: em termos de tempo chamamos ao primeiro de causa e ao segundo, de efeito. Alguém que tivesse visto muitas vezes um coelho ser perseguido por um cachorro e

9 Herbert Spencer (1820-1903) foi um filósofo, biólogo e antropólogo inglês. É dele a expressão "sobrevivência do mais apto". (N. do T.)

10 John Stuart Mill (1806-1873) foi um filósofo, lógico e economista britânico. É considerado por muitos como o filósofo de língua inglesa mais influente do século XIX. (N. do T.)

nunca tivesse visto coelhos e cachorros de outra forma pensaria que o coelho era a causa do cachorro.

— Mas temo — acrescentou, rindo com bastante naturalidade — que meu coelho esteja me afastando da trilha de minha presa legítima: estou entregando-me ao prazer da caça por si só. O que quero que você observe é que na definição de "vida" de Herbert Spencer está inclusa a atividade de uma máquina - não há nada em sua definição que não seja aplicável a ela. De acordo com o mais perspicaz dos observadores e o mais profundo dos pensadores, se um homem, durante seu período de atividade, está vivo, uma máquina também o está quando em operação. Como inventor e construtor de máquinas, sei que isso é verdade.

Moxon ficou em silêncio por um longo tempo, olhando distraidamente para o fogo. Já era tarde, e pensei que havia chegado a hora de ir embora, mas, de alguma forma, não gostei da ideia de deixá-lo naquela casa isolada, sozinho, a não ser pela presença de alguém cuja natureza minhas especulações me levavam a concluir ser uma pessoa hostil, talvez até mesmo nefasta. Inclinando-me na direção dele e olhando-o nos olhos com seriedade enquanto fazia um movimento com a mão na direção da porta de sua oficina, eu disse:

— Moxon, quem está lá dentro?

Para minha surpresa, ele riu levemente e respondeu, sem hesitar:

— Ninguém; o incidente que você tem em mente foi causado pela minha loucura em deixar uma máquina em ação sem nada sobre o que agir, enquanto eu empreendia a interminável tarefa de esclarecer sua compreensão. Por acaso sabe que a Consciência é a criatura do Ritmo?

— Ah, que se danem os dois! — respondi, levantando-me e agarrando meu sobretudo. — Vou lhe desejar boa noite e adicionar a expectativa de que a tal máquina que você inadvertidamente deixou em ação calce suas luvas na próxima vez que você achar necessário detê-la.

Sem esperar para observar o efeito de minha fala, saí da casa.

A chuva caía, e a escuridão era intensa. No céu, além do pico de uma colina em direção à qual eu tateava meu caminho – ao longo de calçadas de tábuas precárias e através de ruas lamacentas sem pavimentação –, eu podia ver o brilho fraco das luzes da cidade, mas, atrás de mim, não se via nada além de uma única janela da casa de Moxon. Ela cintilava com o que me parecia uma relevância misteriosa e fatídica. Sabia tratar-se de uma abertura sem cortinas na "oficina" do meu amigo e tinha certeza de que ele havia retomado os estudos interrompidos por suas funções como meu instrutor acerca da consciência mecânica e da paternidade do Ritmo. Por mais estranhas e, até certo ponto, engraçadas que suas convicções me parecessem à época, não consegui me livrar totalmente da sensação de que elas tinham alguma relação trágica com sua vida e seu caráter – talvez até mesmo com seu destino –, embora não mais alimentasse a noção de que se tratasse de um mero capricho de uma mente desordenada. O que quer que eu pensasse a respeito do seu ponto de vista, sua explanação fora lógica demais para isso. Repetidamente, suas últimas palavras voltavam à minha mente: — A Consciência é a criatura do Ritmo. — Por mais simples e concisa que fosse aquela afirmação, achava-a agora infinitamente sedutora. E, a cada vez que nela pensava, seu significado se ampliava, e sua insinuação se aprofundava. Ora, eis aí – pensei – algo passível de originar uma filosofia. Se a consciência é o produto do ritmo, todas as coisas são conscientes, pois todas têm movimento, e todo movimento é rítmico. Perguntei-me se Moxon conhecia o significado e a amplitude de seu pensamento – o alcance dessa importante generalização; ou se havia chegado à sua fé filosófica pelo caminho tortuoso e incerto da observação.

Essa crença era então nova para mim, e todas as explanações de Moxon não haviam conseguido me converter; mas, agora, parecia-me que uma grande luz brilhava sobre mim, como a que recaiu sobre Saulo de Tarso[11], e, lá fora, em meio à tempestade,

11 Saulo de Tarso (5-67), comumente conhecido como Paulo de Tarso ou São Paulo, foi um dos mais influentes escritores, teólogos e pregadores do cristianismo, tendo composto inúmeras obras do Novo Testamento. (N. do T.)

à escuridão e à solidão, experimentei o que Lewes[12] chama de "a infinita variedade e a agitação do pensamento filosófico". Exultei com um novo senso de conhecimento, uma nova ufania da razão. Meus pés mal pareciam tocar a terra; era como se eu tivesse sido erguido e fosse transportado pelo ar por asas invisíveis.

Cedendo a um impulso de buscar mais informações naquele que eu agora reconhecia como meu mestre e guia, inconscientemente me virei e, quase antes de me dar conta de tê-lo feito, encontrei-me novamente diante da porta de Moxon. Estava encharcado pela chuva, mas não sentia nenhum desconforto. Incapaz de encontrar a campainha, devido à minha agitação, instintivamente tentei virar a maçaneta. Ela cedeu, e, já dentro da casa, subi as escadas até o cômodo de onde havia partido recentemente. Tudo estava escuro e silencioso; Moxon, como eu supunha, estava na sala ao lado – a "oficina". Tateando a parede até encontrar a porta que lhe dava acesso, bati várias vezes com força, sem obter resposta – o que atribuí ao barulho lá fora, pois o vento soprava forte, fazendo com que a chuva fustigasse as paredes finas como torrentes, e o tamborilar nas telhas do telhado que traspassava a sala sem forro era alto e incessante.

Nunca havia sido convidado a entrar na oficina – na verdade, minha entrada havia sido negada, assim como a qualquer outra pessoa, à exceção de um forjador qualificado, sobre quem ninguém sabia nada a não ser que se chamava Haley e que era habitualmente quieto. Mas, em meio à minha agitação espiritual, a discrição e a civilidade foram igualmente esquecidas, e abri a porta. O que vi arrancou-me de qualquer especulação filosófica, imediatamente.

Moxon encontrava-se sentado de frente para mim, no outro lado de uma pequena mesa sobre a qual uma única vela iluminava toda a sala. Diante dele, de costas para mim, via-se outra pessoa sentada. E, na mesa entre os dois, havia um tabuleiro de xadrez:

12 George Henry Lewes (1817-1878) foi um filósofo e crítico de literatura e teatro inglês, que sempre encorajou a discussão do darwinismo, do positivismo e do ceticismo religioso em plena Inglaterra vitoriana. (N. do T.)

ambos estavam jogando. Eu não entendia muito do jogo, mas, como havia apenas algumas peças no tabuleiro, era óbvio que a partida estava próxima do fim. Moxon estava intensamente absorto - parecia-me que não tanto no jogo, mas em seu adversário, sobre quem ele tinha um olhar tão fixo e atento que, por mais que estivesse diretamente na sua linha de visão, eu passava completamente despercebido para ele. Seu rosto estava terrivelmente pálido, e seus olhos brilhavam como diamantes. Do seu antagonista eu só podia ver as costas, o que era suficiente - eu não me importava em não ver seu rosto.

Aparentemente, ele não tinha mais de 1 metro e meio de altura, com proporções que sugeriam a forma de um gorila - ombros exageradamente largos, um pescoço curto e grosso, e a cabeça larga e atarracada, com um emaranhado de cabelos pretos, recobertos por um fez[13] carmim. Uma túnica da mesma cor, bem amarrada em sua cintura, recobria o assento em que ele estava sentado - que, ao que tudo indicava, era uma simples caixa -, e suas pernas e pés estavam ocultos. Seu antebraço esquerdo parecia repousar em seu colo, e ele movia suas peças com a mão direita, que parecia desproporcionalmente longa.

Eu acabara recuando e, agora, encontrava-me um pouco afastado da porta, à sombra. Se então Moxon tivesse olhado além do rosto de seu oponente, não conseguiria ver nada além da porta aberta. Algo me proibia tanto de entrar quanto de sair, uma sensação - que não sei como surgira - de que me encontrava na presença de uma tragédia iminente e poderia ajudar meu amigo se continuasse ali parado. Rebelando-me inconscientemente contra a indelicadeza do ato, permaneci onde estava.

A partida evoluía com rapidez. Moxon mal olhava para o tabuleiro antes de fazer seus movimentos e, aos meus olhos inexperientes, parecia mover a peça mais à mão - seus deslocamentos eram rápidos, nervosos e imprecisos. A resposta de seu antagonista, embora igualmente rápida de início, era completada com um movimento do braço lento, uniforme, mecânico

13 Chapéu tipicamente turco. (N. do T.)

e, pensei, um tanto quanto teatral, o que se mostrou uma dura prova à minha paciência. Havia algo de sobrenatural em tudo aquilo, e percebi que todo o meu corpo estremecia. Além disso, estava molhado e com frio.

Duas ou três vezes depois de ter movido uma peça, o estranho inclinou ligeiramente a cabeça, e observei que, a cada vez, Moxon mudava o seu rei de lugar. Subitamente, cheguei à conclusão de que o tal homem era mudo. E, então, de que se tratava de uma máquina – um jogador de xadrez autômato! Então, lembrei-me de que certa vez Moxon me falara sobre ter inventado um certo mecanismo, embora eu não tivesse entendido de verdade o que tinha sido realmente construído. Será que toda aquela sua conversa sobre a consciência e a inteligência das máquinas fora apenas um prelúdio para uma eventual exposição desse dispositivo – apenas um subterfúgio para intensificar o efeito da sua façanha mecânica sobre mim, devido ao meu desconhecimento de seu segredo?

Um belo desfecho, esse, a todo o meu êxtase intelectual – à minha "infinita exuberância e agitação de pensamentos filosóficos"! Estava prestes a sair dali, indignado, quando aconteceu algo que despertou a minha curiosidade. Observei um encolher de ombros da coisa, como se ela estivesse irritada; e aquilo me parecera tão natural – tão completamente humano – que, diante da minha nova perspectiva sobre o assunto, acabou me assustando. E isso não foi tudo, pois, no instante seguinte, bruscamente, a tal criatura bateu na mesa com a mão cerrada. Diante daquele gesto, Moxon pareceu ainda mais assustado do que eu e afastou a cadeira um pouco para trás, como que alarmado.

Moxon, de quem era a jogada seguinte, ergueu a mão por sobre o tabuleiro, agarrou uma das peças como um gavião que captura sua presa e, com a exclamação "Xeque-mate!", levantou-se rapidamente, colocando-se atrás da cadeira. O autômato continuou sentado, imóvel.

O vento, agora, havia diminuído, mas eu ouvia, a intervalos cada vez menores e cada vez mais altos, o estrondo de trovões. Entre eles, passei a perceber a existência de um zumbido ou murmúrio baixo, que, assim como o trovão, pouco a pouco começava a ficar cada vez mais alto e mais distinto. Parecia vir do corpo do autômato, e tratava-se do inconfundível assobio de rodas girando. Dava-me a impressão de um mecanismo desalinhado que se livrara do domínio repressivo e regulador de alguma peça controladora – o efeito esperado caso uma lingueta fosse arrancada dos dentes de uma engrenagem. Mas, antes que eu tivesse tempo para muitas conjecturas acerca de sua natureza, os estranhos movimentos do próprio autômato captaram toda a minha atenção. Uma convulsão leve, mas contínua, pareceu tomar conta dele. Seu corpo e sua cabeça tremiam de tal modo que eu pensava estar vendo um homem com um ataque de paralisia ou malária, e seus movimentos aumentavam mais e mais, até que toda a sua figura foi dominada por uma violenta agitação. Subitamente, ele se pôs de pé e, com um movimento quase rápido demais para ser acompanhado pelos olhos, avançou para a frente por sobre a mesa e a cadeira, com os dois braços completamente estendidos – na mesma postura e investida de um mergulhador. Moxon tentou se jogar para trás, fora do seu alcance, mas já era tarde demais: vi as mãos da coisa horrível fecharem-se sobre sua garganta, ao passo que as de Moxon agarravam os pulsos do autômato. Em seguida, a mesa virou, a vela foi lançada ao chão, apagando-se, e tudo ficou nas trevas. Mas o barulho do combate era terrivelmente nítido, e mais terrível ainda eram os guinchos estridentes produzidos pelos esforços para respirar do homem que era estrangulado. Guiado por aquela agitação dos infernos, saltei em socorro do meu amigo, mas mal tinha dado um passo na escuridão quando toda a sala brilhou com uma luz branca ofuscante que imprimiu em meu cérebro, coração e memória uma imagem vívida dos lutadores no chão, Moxon por baixo, a garganta ainda presa por aquelas mãos de ferro, a cabeça forçada para trás, os olhos salientes, a boca escancarada e a língua para fora; e – em um horrível contraste! –, no rosto pintado de seu assassino, um semblante de meditação tranquila e solene, como quem busca o desfecho de uma partida de xadrez! Depois de eu ter conseguido espreitar aquele instante, tudo se tornou escuridão e silêncio.

Três dias depois, recuperei a consciência em um hospital. À medida que a memória daquela trágica noite evoluía lentamente em meu cérebro doente, reconheci o discreto assistente de Moxon, Haley, cuidando de mim. Respondendo a um olhar, ele se aproximou, sorrindo.

— Conte-me o que aconteceu — consegui dizer, com a voz fraca — tudo o que aconteceu.

— Certamente — disse ele — tiraram-no inconsciente de uma casa em chamas - a casa de Moxon. Ninguém sabe como você chegou lá. Terá de dar algumas explicações. A origem do incêndio também continua um pouco incerta. Na minha opinião, a casa foi atingida por um raio.

— E Moxon?

— Foi enterrado ontem... O que sobrou dele.

Aparentemente, aquela pessoa reticente era capaz de se exprimir de tempos em tempos. Ao transmitir informações chocantes aos doentes, mostrava-se bastante afável. Depois de alguns momentos de intenso sofrimento mental, aventurei-me a fazer outra pergunta:

— Quem me resgatou?

— Bom, se quer mesmo saber... fui eu.

— Obrigado, sr. Haley, que Deus o abençoe por isso. Também resgatou aquele encantador produto de sua habilidade, o autômato jogador de xadrez que assassinou seu inventor?

O homem ficou em silêncio por um longo tempo, desviando o olhar. Em seguida, virou-se e disse, com gravidade:

— Sabia disso?

— Sim — respondi — vi quando tudo aconteceu.

Aquilo ocorreu há muitos anos. Se me perguntassem hoje, responderia com menos confiança.

# UM DURO COMBATE

Em uma certa noite, no outono de 1861, um homem estava sentado sozinho no coração de uma floresta a oeste do Estado da Virgínia. O lugar era um dos mais selvagens do continente – uma região chamada de Montanha Traiçoeira. No entanto, não faltavam pessoas pelas redondezas; a menos de 2 quilômetros de onde o homem se encontrava sentado ficava o acampamento, agora silencioso, de uma unidade militar federal. Em um outro ponto – talvez ainda mais próximo – havia uma força inimiga, com efetivo desconhecido. E era essa incerteza quanto a seu número e posição que explicava a presença daquele homem em um local tão ermo: tratava-se de um jovem oficial de um regimento de infantaria federal, e sua função ali era proteger seus camaradas adormecidos no acampamento contra qualquer surpresa. Ele estava no comando de um destacamento de homens em piquete. Havia posicionado tais homens logo ao cair da noite, em uma linha irregular, determinada pela natureza do terreno, várias centenas de metros à frente de onde ele se encontrava sentado agora. A linha percorria a floresta, entre rochas e arbustos, os homens separados por 15 ou 20 passos, todos escondidos e sob ordem de silêncio irrestrito e vigilância incessante. Em quatro horas, se nada acontecesse, seriam substituídos por um novo destacamento da reserva, que agora repousava aos cuidados de seu capitão, a certa distância, à esquerda e atrás deles. Antes de posicionar seus homens, o jovem oficial sobre quem escrevemos indicou aos seus dois sargentos o local onde seria encontrado caso fosse necessário consultá-lo ou se fosse necessária à sua presença na linha de frente.

Era um local bastante tranquilo – a bifurcação de uma antiga estrada florestal, em cujos dois braços, prolongando-se tortuosamente sob a luz fraca da Lua, os próprios sargentos estavam alocados, alguns passos antes da linha. Se fossem bruscamente obrigados a recuar por conta de um ataque súbito do inimigo – e não é esperado que os piquetes contra-ataquem logo após uma investida –, os homens adentrariam as estradas convergentes e, seguindo-as naturalmente até seu ponto de intersecção, poderiam se reunir e entrar em "formação". À sua modesta maneira, o autor desse ordenamento era uma espécie de estrategista – se Napoleão tivesse se planejado de forma tão inteligente em Waterloo, teria vencido a memorável batalha e só sido derrubado mais tarde.

O segundo-tenente Brainerd Byring era um oficial corajoso e eficiente, jovem e comparativamente inexperiente, já que se encontrava no ofício de matar seus semelhantes. Alistou-se nos primeiros dias da guerra como soldado raso, sem nenhum conhecimento militar, foi nomeado primeiro-sargento de sua companhia por conta de sua educação e maneiras envolventes e teve a sorte de perder seu capitão para uma bala dos Confederados[14] – nas promoções resultantes, acabou tornando-se um oficial. Esteve em vários combates – em Philippi, Rich Mountain, Carrick's Ford e Greenbrier – e comportou-se com tamanho cavalheirismo que não atraiu a atenção de seus superiores. A animação da batalha era agradável para ele, mas a visão dos mortos, com seus rostos sem vida, os olhos vazios e os corpos rígidos – que, quando não se encontravam encolhidos de forma anormal, eram anormalmente inchados –, sempre o afetara de maneira intolerável. Sentia por

14 Referência aos Estados Confederados da América, união política formada por sete unidades federativas do sul dos Estados Unidos atuais, de caráter agrário e escravista, em 4 de fevereiro de 1861, logo depois de o abolicionista Abraham Lincoln ter vencido as eleições presidenciais de 1860. Tal união foi o estopim para o início da Guerra Civil Americana, que durou de abril de 1861 até maio de 1865. (N. do T.)

eles uma espécie de antipatia irracional que ia além da repugnância física e espiritual comum a todos nós. Sem dúvida, esse sentimento era fruto de sua sensibilidade extraordinariamente aguçada, de seu apurado senso do belo, escandalizado por aquelas coisas horríveis. Independentemente da causa do óbito, ele não podia olhar para um cadáver sem uma aversão que contivesse um elemento de ressentimento. Aquilo que outros haveriam de considerar como a dignidade da morte não tinha para ele razão de ser – era algo totalmente impensável. A morte era uma coisa a ser odiada. Não era pitoresca, não tinha nenhum lado terno e solene – simplesmente algo sombrio, hediondo em todas as suas manifestações e insinuações. O tenente Byring era um homem mais corajoso do que se imaginava, pois ninguém conhecia o horror que ele sentia por aquilo em que estava sempre prestes a incorrer.

Tendo destacado seus homens, instruído seus sargentos e se retirado para seu posto, ele sentou-se em um tronco e, com todos os sentidos alertas, começou sua vigília. Para maior conforto, afrouxou o cinto da espada e, tirando o pesado revólver do coldre, colocou-o no tronco ao seu lado. Sentia-se bastante cômodo, embora nem sequer pensasse naquilo, dado que ouvia com plena atenção todo e qualquer som que viesse diante de si que pudesse ter um significado ameaçador – um grito, um tiro ou os passos de um de seus sargentos que vinham informá-lo de algo que valesse a pena saber. Do vasto e invisível oceano de luar acima dele escoava, aqui e ali, uma fina e irregular correnteza que parecia bater nos galhos obstrutores e escorrer para a terra, formando pequenas poças brancas entre os arbustos. Mas esses escoadouros eram raros e serviam apenas para acentuar a escuridão de seu ambiente, que sua imaginação facilmente povoava com todo tipo de formas desconhecidas, ameaçadoras e misteriosas – ou simplesmente grotescas.

Aquele para quem a portentosa conspiração da noite, da solidão e do silêncio no coração de uma grande floresta não é uma experiência desconhecida não precisa que lhe digam que outro mundo representa tudo aquilo – um lugar onde até mesmo os objetos mais comuns e familiares assumem outro caráter. As árvores agrupam-se de forma diferente: aproximam-se umas das outras, como se estivessem com medo. O próprio silêncio tem uma qualidade diferente do silêncio diurno. E está cheio de sussurros quase inauditos – sussurros alarmantes –, espectros de sons mortos há muito tempo. Há também sons vivos que nunca são ouvidos em outras condições: notas de estranhos pássaros noturnos, gritos de pequenos animais em encontros repentinos com inimigos furtivos ou em seus sonhos, um farfalhar nas folhas mortas – que tanto pode ser o salto de um rato-do-mato quanto o andar de uma pantera. O que causou a quebra daquele galho, o chilrear baixo e alarmado naquele arbusto cheio de pássaros? Existem sons sem nome, formas sem substância, traduções no espaço de objetos que não foram vistos se movendo, movimentos em que nada é observado mudando de lugar. Ah, filhos da luz do Sol e da luz a gás, como vocês desconhecem o mundo em que vivem!

Rodeado de perto por amigos armados e vigilantes, Byring sentia-se totalmente sozinho. Tendo se rendido ao espírito solene e misterioso da época e do lugar, ele havia esquecido a natureza de sua conexão com as fases e os aspectos visíveis e audíveis da noite. A floresta não tinha limites, os homens e suas moradas não existiam. O universo era um mistério primitivo de escuridão, sem forma, vazio, e ele próprio se tornara o único e mudo questionador de seu segredo eterno. Absorto em pensamentos advindos desse estado de espírito, ele se sujeitou à passagem do tempo, sem que fosse capaz de percebê-lo. No entanto, os raros respingos de luz branca entre os troncos das árvores haviam se alterado em tamanho, forma e localização. Em um deles, muito próximo, à beira da estrada, seu olhar pousou em um objeto que ele não havia observado anteriormente. Estava praticamente diante de seu rosto quando se sentara, e ele poderia jurar que não estava ali antes. Via-se parcialmente recoberto pela sombra, mas ele percebia tratar-se de uma figura humana. Instintivamente, abriu o fecho do cinturão da espada e pousou a mão sobre a pistola - encontrava-se uma vez mais em um mundo de guerra, com o assassinato como ofício.

A figura não se moveu. Levantando-se, com a pistola na mão, ele se aproximou. A figura estava deitada de costas, com a parte superior na sombra; no entanto, ao colocar-se acima dela e olhar para o seu rosto, viu que se tratava de um cadáver. Ele estremeceu e virou-se, com uma sensação de enjoo e desgosto, voltando a sentar-se no tronco e, esquecendo a prudência militar, riscando um fósforo e acendendo um charuto. Na súbita escuridão que se seguiu à extinção da chama, sentiu uma sensação de alívio: não conseguia mais ver o objeto de sua aversão. No entanto, manteve os olhos fixos naquela direção até que ela aparecesse novamente, com crescente nitidez. Parecia ter se aproximado um pouco.

— Coisa maldita! — murmurou. — O que ela quer?

Não parecia precisar de nada, apenas de uma alma.

Byring desviou os olhos e começou a cantarolar uma música, mas parou no meio de um compasso e olhou para o cadáver. A sua presença incomodava-o, embora seria difícil ter um vizinho mais calado do que aquele. Também tomara consciência de um sentimento vago e indefinível, completamente novo para ele. Não se tratava de medo, mas sim de uma sensação de algo sobrenatural - algo em que ele não acreditava de forma nenhuma.

— Herdei essa sensação — disse ele a si mesmo. — Suponho que serão necessárias mil eras - talvez 10 mil - para que a humanidade supere tal sentimento. Onde e quando teve origem? Provavelmente lá atrás, no que é chamado de berço da raça humana - nas planícies da Ásia Central. O que herdamos como superstição nossos ancestrais bárbaros deviam considerar como uma certeza racional. Sem dúvida nenhuma, acreditavam-se amparados por fatos cuja natureza não podemos nem mesmo pressupor, ao imaginar um cadáver como uma coisa nefasta, dotada de algum estranho poder do mal e, talvez, para exercê-lo com vontade e propósito próprios. Possivelmente, eles tinham alguma forma terrível de religião, com tal pressuposto como uma de suas principais doutrinas, diligentemente ensinada por seu sacerdócio, assim como os nossos clérigos pregam hoje a imortalidade da alma. À medida que os arianos avançavam lentamente através das passagens do Cáucaso e se espalhavam pela Europa, novas condições de vida devem ter resultado na formulação de novas religiões. A antiga crença na malevolência de um cadáver acabou perdida, fazendo perecer até mesmo sua tradição, mas deixando sua herança de terror, transmitida de geração em geração, e fazendo parte de nós tanto quanto o nosso sangue e nossos ossos.

Ao prosseguir com esse seu pensamento, acabara se esquecendo de sua causa; mas, agora, seu olhar pousou novamente sobre o cadáver. A sombra o descobrira por completo. Pôde, então, ver seu perfil afilado, o queixo erguido e todo o seu rosto, terrivelmente pálido ao luar. Sua roupa era cinza - o uniforme de um soldado confederado. O casaco e o colete, desabotoados, haviam caído para cada lado, expondo sua camisa branca. O peito parecia estranhamente ressaltado, mas o abdômen mostrava-se afundado, projetando-se de forma acentuada na linha das costelas inferiores. Os braços apresentavam-se estendidos, com o joelho esquerdo dobrado para cima. Para Byring, toda a sua postura parecia ter sido estudada para construir um panorama horripilante.

— Ora — exclamou ele - nada mais era que um ator - sabia como parecer morto.

Desviou, então, os olhos, direcionando-os decididamente para uma das estradas que levavam à frente de batalha, e retomou sua filosofia, exatamente de onde havia parado.

— Talvez os nossos antepassados da Ásia Central não tivessem o hábito de enterrar seus mortos. Nesse caso, é fácil compreender seu medo de cadáveres, que eram realmente uma ameaça, um mal. Eles causavam doenças. As crianças eram instruídas a evitar os locais onde jaziam e a fugir se, por descuido, tivessem se aproximado de um cadáver. Assim, acredito que seria melhor eu me afastar desse sujeito.

Chegou a erguer-se para fazê-lo e, em seguida, lembrou-se de ter dito aos seus homens do front e ao oficial da retaguarda – que haveria de substituí-lo – que poderiam encontrá-lo naquele mesmo local, a qualquer momento. Também havia uma questão de orgulho. Se abandonasse seu posto, receava pensarem que ele tivera medo do cadáver. Não era covarde e não estava disposto a ser ridicularizado por ninguém. Então, sentou-se novamente e, para provar sua bravura, olhou corajosamente para o corpo. Seu braço direito – o que se encontrava mais distante dele – estava agora na sombra. Ele mal conseguia ver a mão do cadáver, que, como já havia observado antes, postara-se sobre a raiz de um arbusto. Não chegou a perceber nenhuma mudança, o que lhe trouxe certo conforto, cujo motivo ele não saberia identificar. Não desviou os olhos imediatamente – tudo aquilo que não queremos ver exerce um estranho fascínio sobre nós, por vezes irresistível. Há de se dizer que a inteligência não foi justa com a mulher que cobre os olhos com as mãos para olhar entre os dedos.

Subitamente, Byring notou uma dor em sua mão direita. Desviou, então, os olhos do inimigo e olhou para a própria mão. Estava segurando o punho da espada desembainhada com tanta força que acabou se machucando. Percebeu também que estava inclinado para a frente, em uma atitude tensa, agachado como um gladiador pronto a atacar o pescoço do antagonista. Seus dentes estavam cerrados, e ele respirava com dificuldade. Essa questão logo foi resolvida, e, quando seus músculos relaxaram e ele respirou fundo, sentiu com bastante intensidade o ridículo daquele incidente. Acabou rindo. Deus do céu! Que som foi esse? Que demônio despropositado expressava sua satisfação profana como se zombasse das alegrias humanas? Pôs-se de pé e olhou ao redor, sem reconhecer a própria risada.

Ele não conseguia mais esconder de si mesmo a terrível verdade de sua covardia – estava completamente assustado! Teria fugido daquele lugar, mas suas pernas recusavam-se a trabalhar, cedendo sob seu corpo e obrigando-o a se sentar mais uma vez no tronco, tremendo com violência. Seu rosto estava molhado, e todo o seu corpo, banhado por um suor frio. Ele não conseguia nem sequer gritar. Ouviu distintamente atrás de si passos furtivos, como os de algum animal selvagem, e não ousou olhar por cima do ombro. Por acaso os vivos sem alma teriam unido forças com os mortos desalmados? Seria aquilo um animal? Ah, se ele pudesse ter certeza daquilo! Mas nenhum esforço de sua própria vontade teria feito com que desviasse o olhar do rosto do morto.

Reitero que o Tenente Byring era um homem corajoso e inteligente. Mas o que você queria? Deveria um só homem enfrentar uma aliança tão monstruosa quanto a da noite com a solidão, do silêncio com os mortos – enquanto uma incalculável multidão de seus próprios ancestrais grita seus conselhos covardes ao ouvido de seu espírito, canta suas tristes melodias da morte em seu coração e aparta seu próprio sangue de toda a sua força? As chances contra ele são grandes demais – a coragem não foi feita para ser usada de forma tão cruel.

Uma única convicção agora possuía o homem: a de que o corpo havia se movido. Estava mais perto do limite do feixe de luz – não havia nenhuma dúvida disso. Também havia mexido os braços, pois, olhe só, ambos estão na sombra! Uma lufada de ar frio atingiu Byring em cheio no rosto, os galhos das árvores acima dele agitaram-se e gemeram. Uma sombra absolutamente precisa atravessava o rosto do morto, iluminando-o, para depois passar novamente sobre ele e voltar a obscurecê-lo. A coisa horrível estava visivelmente se movendo! Naquele momento, um único tiro ressoou na linha de frente, um tiro que, mesmo distante, soara mais solitário e mais alto do que jamais ouvidos mortais haviam sentido! Aquilo quebrou o encanto do homem enfeitiçado, matou o silêncio e a solidão, dispersou a retrógrada hoste da Ásia Central e libertou a sua humanidade contemporânea. Soltando um grito igual ao de um grande pássaro que ataca sua presa, ele deu um salto à frente, pronto para agir!

Agora, os tiros no front se repetiam, um após o outro. Havia gritos e confusão, barulho de cascos e aclamações desconexas. Na retaguarda, no acampamento adormecido, ouvia-se o canto de cornetas e o som de tambores. Atravessando os matagais de ambos os lados das estradas, apareceram os piquetes da Federação, em plena retirada, atirando para trás ao acaso enquanto corriam. Um grupo desgarrado que havia seguido por uma das estradas, conforme as instruções dadas, subitamente jogou-se nos arbustos, ao passo que meia centena de cavaleiros irrompia entre eles, atacando-os violentamente com seus sabres enquanto passavam. Em alta velocidade, aqueles loucos montados passavam em disparada pelo local onde Byring estava sentado e desapareciam em uma curva da estrada, gritando e disparando suas pistolas. No momento seguinte, ouviu-se um estrondo de mosquetes, seguido de tiros: haviam encontrado a guarda reserva na linha de frente, e voltavam em uma confusão terrível, avistando-se, aqui e ali, uma sela vazia e muitos cavalos enlouquecidos, feridos por balas, bufando e mergulhando de dor. Tudo acabara... "Uma mera questão de destacamentos avançados".

A linha de frente foi restabelecida com homens novos, a chamada foi feita, os retardatários foram reinstaurados. O comandante federal, com o uniforme incompleto e parte de sua equipe, apareceu no local, fez algumas perguntas, aparentou extrema sabedoria e retirou-se. Depois de estar em pé de guerra por uma hora, a brigada acampada "fez uma ou duas orações" e foi para a cama.

Na manhã seguinte, um destacamento de apoio, comandado por um capitão e acompanhado por um cirurgião, vasculhou o terreno em busca de mortos e feridos. Na bifurcação da estrada, um pouco afastado, foram encontrados dois corpos, caídos próximos um do outro – o de um oficial federal e o de um soldado confederado. O oficial havia morrido devido a um golpe de espada no coração, mas, aparentemente, não antes de ter inflingido ao inimigo nada menos que cinco terríveis ferimentos. O oficial morto jazia de bruços em uma poça de sangue, a arma ainda no peito. Viraram-no de costas, e o cirurgião removeu-a.

— Meu Deus! — disse o capitão — É Byring! — acrescentou, olhando para o outro: — Travaram um duro combate.

O cirurgião estava examinando a espada, a arma de um oficial de linha da infantaria federal - exatamente igual à usada pelo capitão. Na verdade, era a espada do próprio Byring. A única outra arma descoberta havia sido um revólver - completamente carregado - no coldre do soldado morto.

O cirurgião largou a espada e aproximou-se do outro corpo. Havia sido terrivelmente perfurado e esfaqueado, mas não se via nenhum sangue. Ele segurou o pé esquerdo e tentou esticar a perna. No esforço, o corpo se desprendeu. Os mortos não desejam ser movidos - o cadáver protestou, exalando um leve odor enjoativo. Onde estava há instantes, viram-se alguns vermes movendo-se de forma aleatória.

O cirurgião olhou para o capitão. O capitão olhou para o cirurgião.

# UM DOS GÊMEOS

## CARTA ENCONTRADA ENTRES OS DOCUMENTOS DO FALECIDO MORTIMER BARR

Você vem me perguntar se, em minha experiência como parte de um par de gêmeos, alguma vez observei algo inexplicável pelas leis naturais de que temos conhecimento. Quanto a isso você há de julgar: talvez nem todos tenhamos conhecimento das mesmas leis naturais. Você pode conhecer algumas que eu desconheça, e o que é inexplicável para mim pode estar bem claro para você.

Você conheceu meu irmão, John – quero dizer, você o conheceu quando soube que eu não estava presente; mas nem você nem, acredito, qualquer outro ser humano seria capaz de distinguir entre ele e eu se decidíssemos ficar iguais. Nossos pais não conseguiam, e nossa semelhança é o único exemplo de tão exata paridade de que tenho conhecimento. Falo do meu irmão. John, mas não tenho certeza se o nome dele não era Henry e o meu, John. Fomos batizados como todo mundo, mas, logo depois, quando se decidiu fazer uma tatuagem com pequenas marcas que nos distinguissem, o tatuador ficou na dúvida e, embora eu tenha em meu antebraço um pequeno "H", e meu irmão, um "J", não há nenhuma certeza de que as letras não devem ter sido trocadas. Durante a nossa infância, nossos pais tentaram nos diferenciar das formas mais óbvias, pelas nossas roupas e por meio de outros expedientes simples, mas trocávamos de roupa com tanta frequência e burlávamos as regras de tantas maneiras que eles simplesmente abandonaram todas essas tentativas ineficazes e, durante os anos em que vivemos juntos em sua casa, todos acabaram por reconhecer a dificuldade da situação e tiraram o melhor proveito dela, chamando a nós dois de "Jehnry". Muitas vezes, fiquei surpreso com a paciência de meu pai em não fazer sinais bem visíveis em nossas testas indignas, mas, como éramos meninos razoavelmente bons e usávamos nosso poder de constrangimento e aborrecimentos com louvável moderação, escapamos do ferro de marcar. Meu pai era, na verdade, um homem excepcionalmente bem-humorado, e acho que, em silêncio, gostava daquela travessura da natureza.

Logo depois de termos vindo para a Califórnia e nos estabelecido em São José (onde a única boa sorte que nos esperava era o encontro com um amigo tão gentil quanto você), a família, como bem sabe, foi desfeita, por conta da morte de meus pais, na mesma semana. Meu pai morreu cheio de dívidas, e tiveram de vender nossa propriedade para pagá-las. Minhas irmãs foram para a casa de parentes na costa leste do país, mas, graças à sua gentileza, John e eu, então com 22 anos de idade, conseguimos emprego em São Francisco, em diferentes partes da cidade. As circunstâncias não nos permitiam viver juntos, e raramente nos víamos, às vezes não mais do que uma vez por semana. Como tínhamos poucos amigos em comum, nossa extraordinária semelhança era pouco conhecida. Chego, assim, ao assunto de sua pergunta.

Certo dia, logo depois de chegarmos a esta cidade, eu estava andando pela Market Street, no fim da tarde, quando fui abordado por um homem muito bem-vestido, de meia-idade, que, depois de ter me cumprimentado gentilmente, disse-me: — Stevens, sei bem que você não é de sair muito, mas contei à minha esposa sobre você, e ela ficaria feliz em tê-lo em casa. Sei também que vai ficar feliz em conhecer minhas filhas. Considere vir amanhã às 6 para jantar conosco, em família. E, se por acaso as meninas não forem capazes de entretê-lo, jogarei algumas partidas de bilhar com você.

Disse tudo isso com um sorriso tão brilhante no rosto e de uma maneira tão envolvente que não tive coragem de recusar e, embora nunca tivesse visto aquele homem na vida, respondi, prontamente: — Meu senhor, é muita gentileza sua, e terei grande prazer em aceitar seu convite. Por favor, apresente meus cumprimentos à sra. Margovan e diga-lhe que pode me esperar.

Com um aperto de mão e uma agradável palavra de despedida, o homem continuou seu caminho. Era perfeitamente evidente que ele tinha me confundido com meu irmão. Tratava-se de um erro com o qual eu estava acostumado e que não tinha o hábito de corrigir – a menos que o assunto parecesse importante. Mas como é que eu sabia que o nome daquele homem era Margovan? Certamente não é um nome que alguém daria aleatoriamente a alguém, com a probabilidade de estar certo. Na verdade, o tal nome era tão estranho para mim quanto o próprio homem.

Na manhã seguinte, corri para onde meu irmão trabalhava e encontrei-o saindo do escritório, com uma série de contas que tinha para cobrar. Contei-lhe como o havia "comprometido" e acrescentei que, se ele não se importasse em manter tal compromisso, eu ficaria encantado em continuar a personificá-lo.

— Muito estranho — disse ele, pensativo. — Margovan é o único homem que conheço bem e de quem gosto aqui no escritório. Quando ele chegou hoje de manhã e já tínhamos trocado os cumprimentos habituais, um impulso único levou-me a dizer: "Ah, perdão, sr. Margovan, mas me esqueci de lhe perguntar onde mora". Consegui seu endereço, mas, até agora, não fazia a mínima ideia do que faria com ele. Acho bom que você tenha se oferecido para assumir as consequências de sua imprudência, mas eu mesmo tratarei de ir a esse jantar, se não se importa.

Ele acabou indo a vários outros jantares no mesmo lugar – muito mais do que seria bom para ele, devo acrescentar, sem menosprezar a qualidade da comida –, mas simplesmente por ter se apaixonado pela srta. Margovan, ter lhe proposto casamento e ter tido seu pedido aceito sem delongas.

Várias semanas depois de eu ter sido informado do noivado – mas antes que me fosse conveniente conhecer a jovem e sua família –, encontrei, certo dia, na Rua Kearney, um homem bonito, mas com uma aparência bastante lasciva – tanto que algo me levou a segui-lo e espioná-lo, o que fiz sem nenhum escrúpulo. Ele virou na Rua Geary e seguiu até chegar à Union Square. Lá, olhou para seu relógio e entrou na praça. Vagou pelas redondezas por algum tempo, evidentemente à espera de alguém. Não demorou muito para que uma jovem bonita e elegantemente vestida se juntasse a ele, e ambos seguiram pela Rua Stockton, comigo atrás dos dois. Senti, então, a necessidade de extrema cautela, pois, embora a moça fosse uma estranha, eu tinha a impressão de que ela seria capaz de me reconhecer se acaso me avistasse. Dobraram várias ruas e, por fim, depois de terem dado uma rápida olhada ao redor – olhadela que consegui evitar por pouco, esgueirando-me rente ao batente de uma porta – eles entraram em uma casa cujo local não há por que revelar. Sua localização era muito melhor do que seu caráter.

Devo declarar que minha atitude, ao bancar o espião desses dois estranhos, não teve nenhum motivo que eu pudesse identificar. Poderia muito bem sentir vergonha ou não por ter agido assim, de acordo com minha avaliação do caráter da pessoa que me descobrisse. Como parte essencial de uma narrativa induzida pela sua pergunta, relato o que fiz sem nenhuma hesitação ou constrangimento.

Uma semana depois, John levou-me à casa de seu futuro sogro, e, como você já deve ter imaginado – mas para minha profunda surpresa – reconheci a srta. Margovan como a heroína daquela infame aventura. Devo admitir que se tratava realmente da heroína gloriosamente bela de uma aventura infame, mas tal fato tem tão somente esta relevância: a sua beleza foi uma surpresa tão grande para mim que acabou lançando dúvidas quanto à sua identidade como a jovem que eu havia visto antes – como poderia o fascínio maravilhoso de seu rosto não ter me impressionado antes? Mas não – não havia a menor possibilidade de erro, a única diferença se dava por conta do figurino, da luz e do ambiente.

John e eu passamos a noite na casa, suportando – com a bravura típica de uma vasta experiência – brincadeiras tão constrangedoras quanto nossa semelhança inspirava naturalmente. Quando a jovem e eu ficamos sozinhos por alguns minutos, olhei-a diretamente nos olhos e disse, com súbita seriedade:

— A senhorita também tem um sósia: vi-a na tarde de terça-feira passada na Union Square.

Ela fixou seus grandes olhos cinzentos em mim por um momento, mas seu olhar era um pouco menos firme do que o meu, e ela desviou os olhos, fixando-os na ponta de seus sapatos.

— Por acaso ela era muito parecida comigo? — perguntou, com uma indiferença que achei um pouco exagerada.

— Muitíssimo — respondi. — Tanto que, confesso, admirei-a o bastante para, não querendo perdê-la de vista, segui-la até... Srta. Margovan, tem certeza de que está entendendo?

Ela agora ficara pálida, mas mantinha-se totalmente calma. Ergueu novamente os olhos na direção dos meus, com um olhar fixo.

— O que você deseja que eu faça? — perguntou ela. — Não precisa ter medo de nomear seus termos. Tratarei de aceitá-los.

Ficou claro, mesmo no breve instante que me foi concedido para reflexão, que, ao lidar com aquela moça, os métodos comuns não seriam úteis, e as exigências ordinárias faziam-se desnecessárias.

— Srta. Margovan, — disse eu, certamente mostrando em minha voz parte da compaixão que tinha em meu coração — é impossível para mim não concluir que talvez seja vítima de alguma horrível compulsão. Em vez de impor-lhe novos constrangimentos, preferiria ajudá-la a recuperar a sua liberdade.

Ela balançou a cabeça, triste e desesperada, e eu continuei, agitado:

— Sua beleza me assusta. Vejo-me desarmado com sua franqueza e sua angústia. Se for livre para agir de acordo com a sua consciência, acredito que fará o que considera ser melhor; caso contrário, bem, que Deus nos ajude! Não tem nada a temer de minha parte, a não ser minha oposição a esse casamento, que acredito poder justificar com base em... motivos distintos.

Essas não foram minhas palavras exatas, mas disse algo com o mesmo sentido, tanto quanto minhas emoções repentinas e conflitantes me permitiram expressá-lo. Levantei-me e deixei-a, sem olhar novamente para ela, aproximando-me dos outros assim que entraram na sala novamente, dizendo, com toda a calma que pude reunir: — Estava desejando boa noite à srta. Margovan, já é mais tarde do que eu pensava.

John decidiu sair comigo. Na rua, perguntou-me se eu havia observado algo de singular nos modos de Julia.

— Achei que ela estivesse doente — respondi — e foi por isso que saí. — Nada mais foi dito.

Na noite seguinte, cheguei tarde ao meu alojamento. Devido aos acontecimentos da noite anterior, vi-me em um estado de nervos que me deixou doente e saí para caminhar ao ar livre, na tentativa de desanuviar meus pensamentos e me curar, mas fui oprimido por um horrível e maléfico pressentimento - um pressentimento que não conseguia definir. Fazia uma noite fria e enevoada, minhas roupas e cabelos estavam úmidos, e eu tremia de frio. De roupão e chinelos, diante da lareira em brasas, sentia-me ainda mais desconfortável. Já não tremia, mas meu corpo estremecia - há uma diferença. O pavor de alguma calamidade iminente era tão forte e desalentador que tentei afastá-lo convidando alguma tristeza real a meus pensamentos - tentei dissipar a ideia de um futuro terrível substituindo-a pela memória de um passado doloroso. Lembrei-me da morte de meus pais e tentei fixar minha mente nas últimas cenas tristes ao lado de suas camas e de seus túmulos. Tudo parecia vago e irreal, como se tivesse acontecido havia muito tempo e com outra pessoa. Subitamente, atravessando meus pensamentos e separando-os como uma corda tensa rompida pelo golpe de uma lâmina - não consigo imaginar nenhuma outra comparação -, ouvi um grito agudo, como o clamor de alguém em agonia mortal! Era a voz do meu irmão, que parecia vir da rua, diante da minha janela. Saltei correndo até ela e abri-a. Um poste bem em frente lançava uma luz pálida e sombria sobre a calçada molhada e as fachadas das casas. Um único policial, com o colarinho erguido, encontrava-se em pé contra a coluna de um portão, fumando um charuto, silenciosamente. Não se avistava mais ninguém. Fechei a janela e abaixei a persiana, sentei-me diante do fogo e tentei fixar minha mente no ambiente ao meu redor. Para me ajudar, por meio da prática de alguma atividade corriqueira, olhei para o relógio: eram 11 e meia. E, mais uma vez, ouvi aquele grito horrível! Agora, parecia estar na sala – ao meu lado. Fiquei assustado e, por alguns instantes, não tive forças para me mover. Poucos minutos depois – não me lembro de quanto tempo se passou –, vi-me correndo por uma rua desconhecida, o mais rápido possível. Não sabia onde estava, nem onde estava indo, mas não demorei a subir os degraus de uma casa, diante da qual havia duas ou três carruagens e em cujo interior viam-se luzes em movimento, em meio a uma contida agitação de vozes. Era a casa do sr. Margovan.

Você sabe, bom amigo, o que aconteceu lá. Em um dos cômodos, jazia Julia Margovan, morta havia algumas horas por envenenamento; em outro, John Stevens, sangrando devido a um ferimento de pistola no peito, infligido por suas próprias mãos. Quando entrei na sala, afastei os médicos e coloquei a mão em sua testa; ele abriu os olhos, olhou fixamente para o nada, fechou-os lentamente e morreu, sem me fazer nenhum sinal.

Perdi completamente a consciência até seis semanas depois, quando fui trazido de volta à vida por sua bondosa esposa, em sua bela casa. Disso tudo você tem conhecimento, mas não sabe do seguinte – algo que, no entanto, não tem nenhuma relação com o tema de suas pesquisas psicológicas, pelo menos não com a área delas em que, com uma delicadeza e consideração próprias, você pediu menos ajuda do que eu acho que lhe dei.

Certa noite de luar, vários anos depois, eu estava passando pela Union Square. Já era tarde, e a praça estava deserta. Certas memórias do passado vieram naturalmente à minha mente quando cheguei ao local onde havia testemunhado aquele encontro fatídico, e, com aquela perversidade inexplicável que nos leva a relembrar os pensamentos mais dolorosos, sentei-me em um dos bancos para saciá-la. Um homem entrou na praça e veio caminhando em minha direção. Ele tinha as mãos cruzadas sobre suas costas e a cabeça baixa e parecia não estar observando nada. Quando se aproximou da sombra sob a qual eu me sentara, reconheci-o como o homem que vira encontrar Julia Margovan anos antes, naquele mesmo local. Mas ele se encontrava terrivelmente alterado – grisalho, acabado e abatido. A libertinagem e o vício eram evidentes em cada olhar, e a doença não era menos aparente. Suas roupas estavam desleixadas, e seus cabelos caíam sobre a testa em um desalinho ao mesmo tempo bizarro e pitoresco. Ele parecia mais apto à detenção do que à liberdade – à detenção em um hospital.

Sem nenhum propósito definido, levantei-me e confrontei-o. Ele levantou a cabeça e me olhou bem no rosto. Não tenho palavras para descrever a mudança horrível que ocorreu com ele; era uma expressão de terror indescritível – parecia estar encarando um fantasma. Mas era um homem corajoso. — Maldito seja, John Stevens! — gritou ele e, levantando o braço trêmulo, golpeou-me no rosto com tamanha fraqueza que caiu de cabeça no cascalho enquanto eu me afastava.

Alguém o encontrou ali, morto, duro como pedra. Nada mais se sabe a seu respeito, nem mesmo seu nome. Saber que um homem está morto já deveria ser o suficiente.

# UM POTE DE XAROPE

Esta narrativa começa com a morte de seu herói. Silas Deemer morreu no dia 16 de julho de 1863, e, dois dias depois, seus restos mortais foram enterrados. Como ele era conhecido pessoalmente por cada homem, mulher e criança maiorzinha do vilarejo, seu funeral, como disse o jornal local, "contou com grande participação". Seguindo-se um costume da época e do lugar, o caixão permanecera aberto próximo à cova, e toda a assembleia de amigos e vizinhos passou por ele em fila, dando uma última olhada no rosto do morto. E então, diante dos olhos de todos, Silas Deemer foi enterrado. Alguns desses olhos anuviaram ligeiramente, mas, de um modo geral, pode-se dizer que naquele enterro não houve falta de observadores, tampouco de observados. Não havia dúvida de que Silas estivesse morto, e ninguém seria capaz de apontar nenhuma negligência nos ritos que lhe desse motivos para voltar dos mortos. No entanto, se o testemunho humano serve de alguma coisa – e certamente pôs fim à bruxaria em Salem[15] e seus arredores –, ele efetivamente voltou.

Esqueci-me de informar que a morte e o sepultamento de Silas Deemer ocorreram na pequena vila de Hillbrook, onde ele morou por 31 anos. Ficara conhecido pelo que se chama, em algumas partes da União[16] (que é reconhecidamente um país livre),

15 Cidade da costa nordeste dos Estados Unidos, famosa pela série de execuções por bruxaria no decorrer do ano de 1692. (N. do T.)

16 Nome usado para se referir aos 23 estados que não faziam parte da Confederação (os estados escravistas do sul do país) durante a Guerra Civil Americana, entre 1861 e 1865. (N. do T.)

de “comerciante”, ou seja, ele mantinha um estabelecimento de varejo para a venda de coisas comumente vendidas em lojas desse tipo. Sua honestidade nunca foi questionada – até onde se sabe –, e ele era muito estimado por todos. A única coisa de que os mais críticos poderiam acusá-lo era de ter uma atenção excessiva aos negócios. Mas não chegaram a fazê-lo, embora muitos outros que não haviam manifestado tal defeito em maior grau do que ele não tivessem sido julgados com tanta complacência. O negócio ao qual Silas se dedicava era quase exclusivamente seu – e isso, muito provavelmente, pode ter feito a diferença.

Na época da morte de Deemer, ninguém conseguia se lembrar de um único dia, à exceção dos domingos, em que ele não tivesse passado em sua “loja”, visto que a abrira havia mais de um quarto de século. Com uma saúde perfeita durante todo esse tempo, ele nunca fora capaz de avistar valor nenhum em qualquer coisa que pudesse afastá-lo de seu balcão, e chegaram a relatar que, certa vez, quando ele ignorou a convocação para que comparecesse à sede do condado como testemunha em um importante caso jurídico, o Tribunal considerou com “surpresa” a proposta do advogado de que ele fosse “advertido”. Visto que a surpresa judicial não é uma emoção que os advogados normalmente ambicionem despertar, a moção foi retirada às pressas, e um acordo com a parte contrária foi desenhado, pelo qual se supunha o que o sr. Deemer teria dito se tivesse comparecido – e a tal parte contrária aproveitara-se de sua vantagem ao extremo, tornando o suposto testemunho claramente prejudicial aos interesses de seus proponentes. Em suma, era parte do sentimento geral, em toda aquela região, a crença de que Silas Deemer representava a única verdade inabalável de Hillbrook e de que sua translação para o espaço acabaria por precipitar algum mal público terrível ou uma calamidade extenuante.

A sra. Deemer e duas filhas adultas ocupavam os quartos do primeiro andar da construção, mas nunca se soube se Silas dormia em outro lugar além da cama que ficava atrás do balcão de sua loja. E foi ali, por acaso, que o encontraram certa noite, à beira da morte, vindo a falecer pouco antes da hora de abrir as portas. Embora mudo, ele parecia consciente, e aqueles que o conheciam bem acreditavam que, se seu fim tivesse sido, infelizmente, adiado para além da hora habitual de abertura da loja, o efeito sobre ele teria sido deplorável.

E Silas Deemer tinha sido assim – a invariabilidade da sua vida e de seus hábitos, o que levara o piadista do vilarejo (que tinha até frequentado a faculdade) a lhe dar o apelido de "Velho *Ibidem*[17]" e, na primeira edição do jornal local após sua morte, a explicar sem nenhuma pretensão de ofensa que Silas havia tirado "um dia de folga". Foi bem mais do que um dia, mas, pelos registros, parece que, muito antes de completar um mês, o sr. Deemer deixou claro que não tinha tempo de morrer.

Um dos cidadãos mais respeitados de Hillbrook foi Alvan Creede, um banqueiro. Ele morava na melhor casa da cidade, possuía uma carruagem e, no geral, era um homem bastante admirável. Também conhecia um pouco das vantagens de viajar, tendo ido frequentemente a Boston, e diziam que, certa vez, chegara até Nova York, embora renunciasse com modéstia essa brilhante distinção. Tal detalhe é mencionado aqui apenas como uma contribuição para que melhor se compreenda o valor do sr. Creede, pois, de qualquer forma, quando querem dar crédito à sua inteligência, mencionam seu eventual contato, mesmo que temporário, com uma cultura cosmopolita – e, quando querem validar sua franqueza, afirmam que jamais pôs os pés na grande metrópole.

Em uma certa agradável noite de verão, por volta das 10 horas, o sr. Creede, ao entrar pelo portão do jardim, atravessou o caminho de cascalho – que parecia bastante pálido ao luar –, subiu os degraus de pedra de sua bela casa e, parando por um instante, inseriu a chave na fechadura da porta. Ao abri-la, encontrou sua esposa, que passava pelo corredor da sala para a biblioteca. Ela o cumprimentou agradavelmente e, abrindo mais a porta, segurou-a para que ele entrasse. Em vez disso, ele se virou e, olhando para os pés diante da soleira, soltou uma exclamação de surpresa.

17 "No mesmo lugar", em latim. (N. do T.)

— Ora essa... Que diabos! — disse ele. — Onde foi parar aquele pote?

— Que pote, Alvan? — perguntou sua esposa, sem saber do que ele estava falando.

— Um pote de xarope de bordo... trouxe-o da loja e coloquei-o aqui no chão para abrir a porta. Mas que...

— Já chega, já chega, Alvan. Por favor, não fale mais palavrões — interrompeu a senhora. Hillbrook, aliás, não é o único lugar do mundo cristão onde um politeísmo vestigial proíbe tomar em vão o nome do Maligno.

O pote de xarope de bordo que o estilo de vida prático do vilarejo permitia ao principal cidadão de Hillbrook levá-lo da loja diretamente para casa não estava ali.

— Você tem certeza, Alvan?

— Minha querida, você acha que um homem não sabe quando está carregando um pote? Comprei o tal xarope na loja do Deemer, ao passar diante dela. Foi o próprio Deemer quem arranjou e me emprestou o pote, e eu...

A frase permanece até hoje inacabada. O sr. Creede entrou cambaleando na casa, passou para a sala e deixou-se cair em uma poltrona, com todos os membros tremendo. Subitamente, lembrara-se de que Silas Deemer estava morto havia três semanas.

A sra. Creede ficou ao lado do marido, olhando-o com surpresa e ansiedade.

— Pelo amor de Deus, — disse ela — o que você tem?

Como o mal-estar do sr. Creede não tinha nenhuma relação explícita com os interesses da terra prometida, ele aparentemente não achou necessário responder àquela pergunta; simplesmente não disse nada – apenas fitou o nada. Houve longos momentos de silêncio, quebrados apenas pelo tique-taque compassado do relógio, que parecia um pouco mais lento do que o normal, como se lhes concedesse, civilmente, um período maior de tempo para recuperar o juízo.

— Jane, eu enlouqueci - simples assim. — Ele falou, de forma apressada e grosseira. — Você deveria ter me contado, já que deve ter observado meus sintomas antes que eles se tornassem tão pronunciados, a ponto de eu mesmo ter notado. Achei que estivesse passando diante da loja do Deemer - ela estava aberta, com tudo iluminado -, foi o que pensei; é claro que não está mais aberta. Silas Deemer estava em sua mesa, atrás do balcão. Meu Deus, Jane, eu o vi tão claramente quanto estou vendo você agora. Ao me lembrar que você me tinha dito que queria um pouco de xarope de bordo, entrei e comprei um pouco - e isso é tudo -, comprei 2 litros de xarope de bordo de Silas Deemer - que está morto e enterrado, mas, mesmo assim, tirou o xarope de um barril e entregou-o a mim em um pote. Também conversou comigo, lembro-me que com bastante seriedade, ainda mais do que era habitual nele, mas, agora, não consigo recordar uma só palavra do que ele disse. Mas eu o vi - meu Deus, eu o vi e conversei com ele - e ele está morto! Por isso, cheguei à conclusão de que estou louco, Jane, louco de pedra, e você escondeu isso de mim.

Esse monólogo deu à mulher tempo para reunir todas as aptidões que possuía.

— Alvan, — disse ela — você não deu nenhuma mostra de insanidade, pode acreditar. Tudo isso, sem dúvida, não passa de ilusão - como poderia ser outra coisa? Seria absolutamente terrível! Mas não há loucura nenhuma, você está trabalhando demais no banco. Não deveria ter comparecido à reunião de diretores de hoje à noite; qualquer um teria percebido que você estava muito cansado, eu sabia que algo iria acontecer.

Pode ter parecido que a profecia estivesse um pouco atrasada, apenas à espera do acontecimento real, mas ele não disse nada a esse respeito, preocupado com sua própria situação. Estava mais calmo agora e conseguia pensar de maneira coerente.

— Sem dúvida, o fenômeno era subjetivo — disse ele, com uma transição um tanto quanto ridícula para o jargão científico. — Devemos considerar possível a aparição de um espírito e até mesmo sua materialização, mas a aparição e a materialização de um pote de barro de meio galão – uma peça de cerâmica grosseira e pesada que surgiu do nada –, lá isso é dificilmente imaginável.

Quando ele terminou de falar, uma criança entrou correndo na sala – a sua filha pequena. Estava vestida com uma camisola. Apressando-se até o pai, lançou seus braços ao redor do pescoço dele, dizendo: — Papai travesso, você se esqueceu de vir me beijar. Ouvimos você abrir o portão, nos levantamos e olhamos para fora. E, papai querido, Eddy me pediu para perguntar se ele não pode ficar com o potinho quando já estiver vazio.

À medida que o pleno significado daquela fala se tornava compreensível a Alvan Creede, ele estremecia visivelmente, visto que a criança não poderia ter ouvido uma só palavra da conversa.

Já que o espólio de Silas Deemer se encontrava nas mãos de um gestor que achou por bem se desfazer do "negócio", a loja encontrava-se fechada desde a morte do proprietário, e suas mercadorias haviam sido retiradas por um outro "comerciante", que as havia comprado em lote. Também estavam vagos os quartos do primeiro andar, porque a viúva e as filhas haviam se mudado para outra cidade.

Na noite imediatamente após a desventura de Alvan Creede (que, de alguma forma, "escapara"), uma multidão de homens, mulheres e crianças aglomerou-se na calçada em frente à loja. Agora, todos os residentes de Hillbrook sabiam que o lugar era assombrado pelo espírito do falecido Silas Deemer, embora muitos deles ainda demonstrassem certa descrença. Destes, os mais resistentes – de um modo geral, os mais jovens – passaram a atirar pedras contra a fachada do edifício, a única parte acessível da rua, cuidadosamente desviando-se das janelas sem persianas. A incredulidade não se transformou em maldade. Algumas almas corajosas atravessavam a rua e sacudiam a porta de entrada, e acendiam fósforos, segurando-os perto da janela, para tentar ver o interior escurecido. Alguns dos espectadores chamavam atenção para a sua inteligência, gritando, gemendo e desafiando o fantasma para uma corrida.

Depois de um tempo considerável ter decorrido sem nenhuma manifestação, e de muitos membros da multidão terem ido embora, aqueles que restavam começaram a observar que o interior da loja se mostrava iluminado por uma fraca luz amarelada. Depois disso, todas as manifestações cessaram, as almas intrépidas que se encontravam junto às portas e janelas recuaram para o lado oposto da rua, fundindo-se na multidão, e os meninos pararam de atirar pedras. Ninguém falava alto, mas todos sussurravam entusiasmados e apontavam para a luz que, agora, se tornava cada vez mais forte. Ninguém saberia dizer quanto tempo se passara desde que perceberam o primeiro brilho fraco, mas, por fim, a iluminação ficou forte o suficiente para revelar todo o interior da loja – e, ali, parado em sua mesa atrás do balcão, estava Silas Deemer, perfeitamente visível!

O efeito sobre a multidão foi maravilhoso. Ela começou a se dissolver rapidamente para todos os lados, à medida que os mais acanhados deixavam o local. Muitos corriam tão rápido quanto suas pernas lhes permitiam, ao passo que outros se moviam com maior dignidade, virando-se ocasionalmente para olhar para trás, por cima do ombro. Por fim, 20 – ou pouco mais, na maioria homens – permaneciam onde estavam, mudos, olhando exaltados. A aparição lá dentro não lhes deu atenção – aparentemente, estava ocupada com um livro-caixa.

Não demorou muito para que três homens deixassem a multidão na calçada, como por um impulso comum, e atravessassem a rua. Um deles, um homem pesado, estava prestes a encostar o ombro na porta, quando esta se abriu, aparentemente sem intervenção humana, e os corajosos investigadores entraram. Tão logo passaram pelo batente da porta, os observadores do outro lado da rua, maravilhados, viram-nos agir de uma forma completamente inexplicável. Estendiam as mãos diante deles, caminhavam de forma tortuosa, colidiam violentamente contra o balcão, contra caixas e barris no chão, e uns contra os outros. Viravam-se para todo lado desajeitadamente e pareciam estar tentando escapar, mas se mostravam incapazes de sair da loja. A multidão ouvia suas vozes proferir clamores e xingamentos. Mas de maneira nenhuma a aparição de Silas Deemer manifestava algum interesse no que estava acontecendo.

Ninguém jamais conseguiu lembrar o que levou a multidão a tomar uma providência, mas, subitamente, toda a massa – homens, mulheres, crianças, cães – correu ao mesmo tempo, em um alvoroço sem-par, rumo à entrada. Acabaram congestionando a porta, empurrando uns aos outros para entrar primeiro – e acabaram por formar uma fila e entrar aos poucos, cada um de uma vez. Por alguma sutil alquimia espiritual ou física, a observação foi transmutada em ação – os vigilantes tornaram-se parte do espetáculo – o público usurpou o palco.

Para o único espectador que permanecia do outro lado da rua – Alvan Creede, o banqueiro –, o interior da loja, com sua multidão crescente, continuava totalmente iluminado, e todas as coisas estranhas que aconteciam lá dentro eram perfeitamente visíveis. Para aqueles que se encontravam em seu interior, no entanto, tudo era escuridão, um breu absoluto. Era como se cada pessoa que passara pela porta tivesse ficado cega e enlouquecida pelo infortúnio. Tateavam aleatoriamente, sem objetivo claro, tentando abrir caminho à força contra a corrente, empurrando uns aos outros e acotovelando-se, chocavam-se ao acaso, caíam e eram pisoteados, levantavam-se e pisoteavam alguém. Agarravam-se uns aos outros pelas roupas, pelos cabelos, pela barba – brigavam como animais, praguejavam, gritavam, chamavam uns aos outros por nomes infames e obscenos. Quando, finalmente, Alvan Creede viu a última pessoa da fila adentrar aquele terrível tumulto, a luz que iluminava a loja apagou-se subitamente, e tudo ficou absolutamente escuro, tanto para ele quanto para os que se encontravam lá dentro. Ele simplesmente se virou e saiu do local.

No início da manhã seguinte, uma multidão curiosa reuniu-se ao redor da loja de Deemer. O povaréu era composto, em parte, de pessoas que haviam fugido na noite anterior – mas que, agora, haviam adquirido a coragem da luz do Sol – e, em parte, pela gente honesta que estava a caminho de seu trabalho diário. A porta da loja estava aberta, o lugar estava vazio – mas, nas paredes, no chão e nos móveis, viam-se farrapos de roupas e emaranhados de cabelos. O soldado de Hillbrook conseguiu, de alguma forma, se recuperar e foi para casa curar suas feridas, jurando que passara toda a noite na cama. Na mesa empoeirada, atrás do balcão, estava o livro-caixa. As anotações nele, com a caligrafia de Deemer, cessaram no dia 16 de julho, o último de sua vida. Não houve registro de venda posterior para Alvan Creede.

Essa é toda a história – a não ser que, quando as paixões dos homens diminuíram e a razão retomou seu domínio imemorial, tenha se confessado em Hillbrook que, dado o caráter inofensivo e honroso de sua primeira transação comercial sob novas condições, Silas Deemer, falecido, poderia muito bem ter sido impelido a retomar seus negócios na antiga loja sem a multidão. Com isso o historiador local de cuja obra não publicada os fatos acima foram compilados teve a consideração de concordar inteiramente.

# A ALUCINAÇÃO DE STALEY FLEMING

Dos dois homens que conversavam, um era médico.

— Mandei chamá-lo, doutor, — disse o outro — mas não creio que o senhor possa realmente me ajudar. Talvez seja capaz de me recomendar um especialista em psicopatas. Acho que estou um pouco maluco.

— Parece-me bem — disse o médico.

— Ainda há de julgar... tenho tido alucinações. Acordo todas as noites e vejo em meu quarto, observando-me com atenção, um grande cachorro terra-nova preto, com uma das patas dianteiras branca.

— Você afirma estar acordado. Tem certeza disso? "Alucinações", às vezes, são simplesmente sonhos.

— Ah, estou acordado, sim. Às vezes, permaneço deitado imóvel por muito tempo, olhando para o cachorro com a mesma seriedade com que ele olha para mim. Sempre deixo a luz acesa. Quando não aguento mais, sento-me na cama... e não há nada lá!

— Hmm... e como é o semblante do animal?

— Parece-me bastante sinistro. Claro que sei que, a não ser em obras de arte, o rosto de um animal em repouso tem sempre a mesma expressão. Mas esse não é um animal real. Os cães terra-nova têm um semblante bastante calmo, o doutor sabe bem. Qual será o problema com esse em específico?

— Na verdade, meu diagnóstico não teria valor algum, não vou tratar o cachorro.

O médico riu da própria piada, ainda observando com atenção o paciente pelo canto do olho. Pouco depois, disse: — Fleming, sua descrição do animal coincide com a do cachorro do falecido Atwell Barton.

Fleming começou a se levantar da cadeira, sentou-se novamente e fez uma visível tentativa de parecer indiferente. — Lembro-me de Barton. — disse ele — Acho que foi... anunciaram que... não houve algo suspeito com sua morte?

Olhando diretamente nos olhos de seu paciente, o médico disse: — Há três anos, o corpo de seu antigo inimigo, Atwell Barton, foi encontrado na floresta próxima à sua casa e à dele. Foi morto a facadas. Ninguém foi preso, não havia nenhuma pista. Alguns de nós tínhamos "teorias". Eu formulei a minha. E você?

— EU? Ora, que Deus abençoe a alma dele, o que eu poderia saber a esse respeito? Deve se lembrar de que parti para a Europa quase imediatamente depois da sua morte - um tempo considerável depois. Nas poucas semanas desde que retornei, não era de se esperar que eu elaborasse uma "teoria". Na verdade, nem pensei nesse assunto. E o que tem o cachorro dele?

— Foi o primeiro a encontrar o corpo. Morreu de fome em seu túmulo.

Não conhecemos a inflexível lei implícita nas coincidências. Staley Fleming, pelo menos, não a conhecia, ou então, talvez, não teria se levantado quando o vento noturno trouxe pela janela aberta o longo uivo de um cachorro, ao longe. Ele atravessou a sala inúmeras vezes, sob o olhar firme do médico; em seguida, confrontando-o abruptamente, quase gritou: — O que tudo isso tem a ver com o meu problema, dr. Halderman? Parece esquecer por que foi chamado aqui.

Levantando-se, o médico colocou a mão no braço do paciente e disse, gentilmente: — Perdão. Não posso diagnosticar a sua doença de imediato; amanhã, talvez. Por favor, vá para a cama, e deixe a porta destrancada. Passarei a noite aqui com seus livros. Consegue me chamar sem se levantar?

— Sim, há uma campainha elétrica perto da minha cama.

— Muito bem. Se alguma coisa o incomodar, aperte o botão sem se sentar. Boa noite.

Confortavelmente instalado em uma poltrona, o médico olhava fixamente para as brasas que crepitavam na lareira e pensava profunda e longamente, mas, aparentemente, sem nenhum propósito, pois levantava-se com frequência e, ao abrir uma porta que dava para a escada, escutava com atenção, retomando logo em seguida seu lugar. No entanto, não tardou a adormecer, e, quando acordou, já passava da meia-noite. Agitou, então, a lenha apagada, pegou um livro da mesa ao seu lado e olhou o título. Eram as *Meditações de Denneker*[18]. Abriu-as aleatoriamente e começou a ler:

*"Visto ter sido ordenado por Deus que toda carne tenha espírito e, portanto, assuma poderes espirituais, assim também o espírito tem poderes da carne, mesmo quando sai da carne e vive como algo à parte, como demonstra a violência praticada por fantasmas e espectros. E há quem diga que o homem não é o único a passar por isso, tendo os animais a mesma propensão maligna e..."*

A leitura foi interrompida por um tremor na casa, como se um objeto pesado tivesse caído. O leitor largou o livro, saiu correndo da sala e subiu as escadas até o quarto de Fleming. Tentou abrir a porta, mas, contrariamente às suas instruções, ela fora trancada. Ele pôs, então, tanta força no ombro contra a porta que ela acabou cedendo. No chão, perto da cama desarrumada, em suas roupas de dormir, encontrava-se Fleming, ofegante.

O médico ergueu do chão a cabeça do moribundo e observou um ferimento na sua garganta. — Eu deveria ter pensado nisso — disse ele, acreditando tratar-se de suicídio.

Quando o homem morreu, um exame revelou inconfundíveis e profundas marcas de presas de um animal na sua jugular.

Mas não havia nenhum animal.

18 Obra e autor fictícios, inventados pelo próprio autor, que aparecem ainda no conto "O naufrágio psicológico", presente nesta mesma obra. (N. do T.)

# IDENTIDADE RETOMADA

## I.

### UMA RECAPITULAÇÃO COMO FORMA DE BOAS-VINDAS

Em uma certa noite de verão, um homem encontrava-se em uma colina baixa com vista para uma vasta extensão de floresta e campo. À luz da lua cheia que brilhava a oeste, ele sabia o que talvez não soubesse de outra forma: que estava perto da hora do amanhecer. Uma leve névoa pairava sobre a terra, velando em parte os pontos mais baixos da paisagem, mas, acima dela, as árvores mais altas apareciam em massas bem definidas contra um céu claro. Duas ou três casas de fazenda eram visíveis através da neblina, mas, naturalmente, em nenhuma delas havia luz. Na verdade, em nenhum lugar havia sinal ou sugestão alguma de vida, a não ser o latido de um cachorro ao longe, que, repetido mecanicamente, servia mais para acentuar do que para dissipar a solidão daquela cena.

O homem olhou à volta com curiosidade, como alguém que, em meio a um ambiente familiar, é incapaz de determinar seu lugar exato e seu papel no esquema das coisas. Talvez seja assim que haveremos de agir quando, ressuscitados dentre os mortos, aguardarmos o chamado para o julgamento.

A aproximadamente 100 metros de distância, via-se uma estrada reta, pálida ao luar. Esforçando-se para se orientar – como diria um agrimensor ou um navegador –, o homem moveu os olhos lentamente ao longo da extensão de tudo o que via e, a uma distância de 400 metros ao sul de onde estava, viu, escuro e cinzento na neblina, um grupo de cavaleiros cavalgando rumo norte. Atrás deles havia homens a pé, marchando, enfileirados, com rifles apoiados sobre os ombros, brilhando levemente. Eles se moviam lentamente e em silêncio. Um outro grupo de cavaleiros, um outro regimento de infantaria, e outro, e mais outro... todos em um movimento incessante, dirigindo-se ao local de perspectiva do homem, estendendo-se depois dele, muito além. Seguiu-se uma bateria de artilharia, com os canhoneiros em carroças e parelhas de cavalos, e os canhões dobrados. Ainda assim, a interminável procissão saiu da obscuridade rumo sul e passou para a obscuridade rumo norte, sem nenhum som de vozes, nem de cascos, nem de rodas.

O homem não conseguia compreender direito nada daquilo, já começava a achar-se surdo. Foi o que disse, e ouviu a própria voz, embora esta tivesse uma qualidade desconhecida que quase o alarmou, pois decepcionara a expectativa de seus ouvidos quanto ao timbre e à ressonância. Mas não estava surdo – e isso, por ora, já era suficiente.

Lembrou-se, então, de que existem fenômenos naturais aos quais alguém deu o nome de "sombras acústicas". Se alguém se encontra sob uma sombra acústica, sempre haverá uma direção cujo som não chegará aos seus ouvidos. Na Batalha de Gaines's Mill[19], um dos conflitos mais ferozes da Guerra Civil, com cem armas em jogo, os espectadores a pouco mais de 2 quilômetros de distância, no lado oposto do Vale de Chickahominy, não conseguiam ouvir nada do que viam com extrema clareza. O bombardeio de Port Royal, ouvido e sentido em St. Augustine, 240 quilômetros ao sul, foi completamente inaudível a pouco mais de 3 quilômetros ao norte, em meio a um clima limpo. Poucos dias antes da rendição em Appomattox, um estrondoso confronto entre os comandos de Sheridan e Pickett era desconhecido para

19 Também conhecida como Batalha do Rio Chickahominy, ocorreu em 27 de junho de 1862, no estado norte-americano da Virgínia, e foi um dos mais importantes conflitos da Guerra Civil Americana (1861-1865). (N. do T.)

o comandante desse último batalhão, a apenas 1,5 quilômetro atrás de seu próprio front.

Tais exemplos não eram conhecidos do homem sobre quem escrevemos, mas outros menos marcantes e do mesmo caráter não haviam escapado de sua observação. Ele encontrava-se profundamente agitado, mas por outra razão, e não pelo estranho silêncio daquela marcha ao luar.

— Meu bom Deus! — disse ele a si mesmo; e, mais uma vez, foi como se um outro alguém tivesse expressado o seu pensamento — Se essas pessoas são o que eu penso serem, perdemos a batalha, e eles estão avançando sobre Nashville!

Ocorreu-lhe, então, um pensamento acerca de si mesmo - uma apreensão - uma forte sensação de perigo iminente - o que, em outro caso, chamaríamos de medo. Ele avançou sem demora para debaixo da sombra de uma árvore. E os batalhões silenciosos continuavam a avançar lentamente na neblina.

O frio de uma brisa repentina em sua nuca chamou-lhe a atenção para a região de onde viera, e, virando-se para o leste, ele avistou uma tênue luz cinzenta ao longo do horizonte - o primeiro sinal do retorno do dia, o que só aumentou a sua apreensão.

"Preciso sair daqui", pensou, "ou serei descoberto e me levarão prisioneiro."

Ele saiu de debaixo da sombra, caminhando rapidamente em direção ao leste cada vez mais cinzento. Em meio ao isolamento mais seguro de um grupo de cedros, olhou para trás. Toda a coluna havia desaparecido de vista: a estrada reta e pálida encontrava-se desolada e solitária ao luar!

Se antes ficara intrigado, agora estava inexprimivelmente surpreso. Um exército tão lento passando tão rapidamente... aquilo ia além de sua compreensão. Os minutos passaram sem que ele se desse conta; havia perdido a noção do tempo. Procurava com uma seriedade assustadora uma solução para o mistério, mas o fazia em vão. Quando, por fim, despertou de sua abstração, o contorno do Sol já se fazia visível acima das colinas, mas, mesmo naquelas novas condições, ele não encontrou nenhuma outra luz além daquela do dia – sua compreensão estava envolta em dúvidas tão sombrias quanto antes.

Por todo lado, viam-se campos cultivados que não mostravam sinais de guerra nem da devastação que ela causava. Das chaminés das casas das fazendas, finas colunas de fumaça azul sinalizavam os preparativos para um dia de trabalho pacífico. Terminada sua imemorial saudação à lua, o cão de guarda ajudava um homem que, ajustando uma parelha de mulas ao arado, assobiava com alegria enquanto trabalhava. O herói desta história fitou em silêncio aquela imagem pastoril, como se nunca tivesse visto coisa igual em toda a sua vida. Depois, levou a mão à cabeça, passou-a pelos cabelos e, baixando-a, examinou atentamente a palma – algo singular de se fazer. Aparentemente tranquilizado pelo ato, caminhou, confiante, em direção à estrada.

## II.

## AO PERDER SUA VIDA, CONSULTE UM MÉDICO

O dr. Stilling Malson, de Murfreesboro, depois de visitar um paciente a aproximadamente 10 quilômetros de distância, na estrada de Nashville, permaneceu com ele a noite toda. Ao amanhecer, voltou para casa a cavalo, como era costume dos médicos da época e da região. Havia passado pelas proximidades do campo de batalha de Stones River quando um homem se aproximou dele, saindo da beira da estrada, e o saudou à maneira militar, com uma continência da mão direita até a aba do chapéu. Mas o chapéu não era militar, o homem não usava uniforme e não tinha um porte marcial. O médico assentiu educadamente, pensando que a saudação incomum do estranho talvez fosse uma deferência àquele local histórico. Como o estranho evidentemente desejava falar-lhe, ele gentilmente puxou as rédeas do cavalo e pôs-se a esperar.

— Meu senhor, — disse o estranho — embora seja civil, talvez seja um inimigo.

— Sou médico — foi a resposta evasiva.

— Muito obrigado — respondeu o outro. — Sou tenente do estado-maior do general Hazen. — Ele parou por um momento e olhou atentamente para a pessoa a quem se dirigia, acrescentando, depois: — Do Exército Federalista.

O médico apenas assentiu.

— Por favor, diga-me — continuou ele — o que aconteceu aqui. Onde estão os exércitos? Qual deles ganhou a batalha?

O médico olhou curiosamente para o seu interlocutor, com os olhos semicerrados. Depois de uma análise profissional, prolongada até o limite da polidez, disse: — Perdoe-me, mas todo aquele que pede informações deve estar disposto a transmiti-las. Está ferido? — acrescentou, sorrindo.

— Nada sério, ao que parece.

O homem tirou o chapéu civil, levou a mão à cabeça, passou-a pelos cabelos e, ao retirá-la, examinou atentamente a palma.

— Fui atingido por uma bala e fiquei inconsciente. Deve ter sido um golpe leve e de raspão: não vejo sangue e não sinto dor. Não vou lhe pedir que trate de minha ferida, mas por acaso poderia fazer a gentileza de me encaminhar para o meu comando - para qualquer grupamento do Exército Federalista - se souber onde há algum?

Mais uma vez o médico não respondeu de imediato: estava repassando muitas das coisas registradas nos livros da sua profissão - algo a respeito de identidades perdidas e o efeito de cenas familiares na sua restauração. Por fim, olhou o homem nos olhos, sorriu e disse:

— Tenente, não está usando o uniforme de sua patente e serviço.

Diante disso, o homem olhou para seu traje civil, ergueu os olhos e disse, com hesitação:

— É verdade. Eu... eu não entendo muito bem...

Ainda olhando para ele de forma severa, mas não antipática, o homem da ciência perguntou, sem rodeios:

— Quantos anos tem?

— Vinte e três... se é que isso tem alguma importância.

— Não parece ter essa idade. Dificilmente eu teria imaginado que fosse tão jovem.

O homem começava a se mostrar impaciente. — Não há necessidade de que discutamos isso — respondeu ele. — Quero saber sobre o exército. Há menos de duas horas vi uma coluna de tropas movendo-se rumo norte nesta estrada. Você deve tê-las encontrado. Tenha a gentileza de me dizer a cor de suas roupas, que não consegui distinguir, e, em seguida, não vou mais incomodá-lo.

— Tem certeza de que os viu?

— Se tenho certeza? Deus meu, senhor, eu poderia até mesmo tê-los contado!

— Ora, na verdade, — disse o médico, divertindo-se por ter percebido que estava se assemelhando ao barbeiro tagarela das *Mil e Uma Noites* — isso é muito interessante. Não encontrei nenhuma tropa.

O homem olhou-o com frieza, como se ele próprio tivesse percebido a tal semelhança com o barbeiro. — Está claro — disse ele — que não está disposto a me ajudar. Pois, então, que vá para o diabo, meu senhor!

Virou-se e afastou-se, perfazendo um caminho aleatório através dos campos orvalhados, com o seu algoz, em parte arrependido, observando-o silenciosamente de seu ponto de vista elevado na sela, até que desaparecesse atrás de uma fileira de árvores.

# III.
## O PERIGO DE OLHAR PARA UMA POÇA D'ÁGUA

Depois de sair da estrada, o homem diminuiu o passo e avançou, de forma bastante tortuosa, nitidamente cansado. Ele não conseguia entender o motivo para se sentir assim, mesmo que o interminável falatório daquele médico do interior parecesse a óbvia explicação. Sentando-se sobre uma pedra, colocou uma das mãos sobre o joelho, com as costas para cima, e olhou casualmente para ela. Estava magra e ressequida. Levantou, então, ambas as mãos até o rosto. Apresentavam costuras e sulcos, e ele conseguia traçar as linhas com as pontas dos dedos. Que estranho... um tiro de raspão e a perda de consciência por alguns instantes não deveriam ser capazes de fazer tamanho estrago físico em alguém.

— Devo ter ficado muito tempo no hospital — afirmou ele em voz alta. — Ora, que tolo que eu sou! A batalha foi em dezembro, e agora estamos no verão! — Riu-se. — Não admira que aquele sujeito me considerasse um lunático em fuga. Pois estava errado: sou apenas um paciente em fuga.

Perto dali, um pequeno pedaço de terra cercado por um muro de pedra chamou sua atenção. Sem nenhuma intenção definida, ele levantou-se e foi até lá. No centro, via-se um monumento quadrado e sólido de pedra talhada. Estava marrom por conta da ação do tempo, desgastado nas quinas e salpicado de musgo e líquen. Entre os enormes blocos, havia faixas de grama com raízes tão fortes que acabaram por separá-los. Em resposta ao desafio dessa ambiciosa estrutura, o tempo colocou sobre ela a sua mão destruidora, e, em breve, ela se juntaria a "Nínive e Tiro"[20]. Seu olhar avistou um nome familiar em uma inscrição

20 Nínive e Tiro são descritas na *Bíblia* como capitais de poderosos impérios. Reconhecidos antros de iniquidade, foram supostamente destruídas por Deus. (N. do T.).

a um lado. Tremendo de entusiasmo, ele esticou o corpo junto à parede e leu:

*BRIGADA DE HAZEN*
*Em Memória a Seus Soldados,*
*que caíram em Stone River*
*em 31 de dezembro de 1862.*

O homem caiu da parede, fraco e doente. Quase ao alcance de um braço, havia uma pequena depressão na terra; havia sido preenchida por uma chuva recente – uma poça d'água cristalina. Ele rastejou até lá para tentar se recuperar, ergueu a parte superior do corpo sobre os braços trêmulos, inclinou a cabeça para a frente e viu o reflexo de seu rosto, como em um espelho. Soltou, então, um grito horrível. Seus braços cederam, ele caiu de bruços na poça e renunciou à vida que perpassara uma outra vida.

# O BEBÊ ANDARILHO

Se você tivesse visto o pequeno Joseph parado na esquina, sob a chuva, dificilmente o teria admirado. Aparentemente, nada mais era que uma tempestade comum de outono, mas a água que caía sobre Joseph (que mal tinha idade suficiente para pertencer aos justos ou aos injustos e, por isso, talvez não estivesse sujeito à lei da distribuição imparcial) parecia ter alguma propriedade peculiar: qualquer um diria se tratar de uma água escura e pegajosa. Mas dificilmente isso seria possível, mesmo em Blackburg, onde certamente ocorriam coisas bastante incomuns.

Por exemplo, dez ou 12 anos antes, caíra uma chuva de pequenas rãs, como é atestado – com credibilidade – por uma crônica contemporânea, que conclui o registro com uma declaração um tanto quanto obscura, visto que o cronista considerava aquele um clima fértil para os franceses.

Alguns anos depois, Blackburg testemunhou a precipitação de neve vermelha – na cidade, faz bastante frio quando da chegada do inverno, e nevascas são frequentes e duradouras. Não há nenhuma dúvida quanto a isto: a neve, nesse caso em específico, era da cor do sangue e, ao derreter, tinha a mesma tonalidade – do sangue, e não da água. O fenômeno atraiu grande atenção, e a ciência tinha tantas explicações quanto havia cientistas que nada sabiam a esse respeito. Mas os homens de Blackburg – homens que viviam há muitos anos ali mesmo onde caiu a neve vermelha e que, supunha-se, conheciam o assunto com profundidade – balançaram a cabeça e disseram que aquilo teria consequências.

E assim foi, visto que o verão seguinte se tornou memorável pela prevalência de uma doença misteriosa, epidêmica, endêmica ou sabe lá Deus o quê – ainda que os médicos não soubessem de nada – que levou à morte metade da população. A maior parte da outra metade foi embora e demorou a retornar, mas, por fim, retornou, e agora estava aumentando e se multiplicando como antes – mas Blackburg nunca mais foi a mesma desde então.

De outro tipo – embora igualmente "fora do comum" – foi o incidente do fantasma de Hetty Parlow. O nome de solteira de Hetty Parlow era Brownon, e em Blackburg isso significava muito mais do que se poderia imaginar.

Os Brownons foram, desde tempos imemoriais – desde os primeiros tempos da Colônia –, a principal família da cidade. Não apenas isso, também a mais rica e mais importante, e Blackburg teria derramado até a última gota de seu sangue plebeu em defesa da legítima fama de Brownon. Como se sabia que poucos membros da família viviam permanentemente longe de Blackburg – embora a maioria deles tivesse sido educada em outro lugar e quase todos fossem viajados –, havia um grande número deles nos limites da cidade. Os homens ocupavam a maior parte dos cargos públicos, e as mulheres eram sempre as líderes de todas as boas obras. Dessas últimas, Hetty era a mais querida de todas, por conta da doçura de seu temperamento, da pureza de seu caráter e por sua singular beleza pessoal. Ela se casou em Boston com um jovem patife chamado Parlow e, como membro exemplar da família Brownon, trouxe-o imediatamente para Blackburg, tendo feito dele um homem – e um vereador. Tiveram um filho que chamaram de Joseph e amaram-no muito, como era então a moda entre os pais de toda aquela região. Logo depois, morreram da misteriosa doença mencionada acima, e, com 1 ano de idade, Joseph ficou órfão.

Infelizmente para Joseph, a doença que ceifou a vida de seus pais não parou por aí; prosseguiu e extirpou quase todo o contingente de Brownons e seus parentes por casamento – e aqueles que fugiram não voltaram. A tradição foi quebrada, as propriedades Brownon passaram para mãos estranhas, e os únicos Brownons restantes naquele lugar estavam no subsolo do Cemitério Oak Hill, onde, de fato, havia uma colônia deles, poderosa o suficiente para resistir à invasão das tribos vizinhas e manter-se nos melhores terrenos. Mas voltemos ao fantasma:

Certa noite, cerca de três anos depois da morte de Hetty Parlow, vários jovens de Blackburg passavam pelo Cemitério Oak Hill em uma carroça – se, por acaso, você já esteve ali, há de lembrar que a estrada para Greenton passa ao lado da ponta mais ao sul do campo-santo. Estavam participando das festividades do Dia de Maio[21] em Greenton – o que vai nos servir para fixar a data exata. Aparentemente, somavam 12 pessoas ao todo, uma companhia bastante alegre, considerando-se o legado de tristeza deixado pelas recentes experiências sombrias da cidade. Quando eles passaram pelo cemitério, o homem que conduzia a carroça freou subitamente sua parelha, com uma exclamação de surpresa. Viu algo sem dúvida bastante surpreendente, pois, logo à frente, quase à beira da estrada – embora ainda dentro do cemitério –, encontrava-se o fantasma de Hetty Parlow. Todos estavam certos de sua identidade, já que ela era conhecida pessoalmente por todos os rapazes e moças do grupo. Com um nome familiar estabelecido, seu caráter fantasmagórico via-se representado por todos os sinais habituais – a mortalha, os cabelos compridos e desgrenhados, o "olhar distante" – todos eles. Essa inquietante aparição estendia os braços para o oeste, como se suplicasse pela estrela vespertina, que, certamente, não deixava de ser um objeto atraente, embora, obviamente, fora de alcance. Enquanto permaneciam sentados em silêncio (assim continua a história), todos os membros daquele grupo de foliões – que haviam tomado apenas café e limonada – ouviram claramente o tal fantasma clamar o nome "Joey, Joey!". No momento seguinte, nada mais se via ali. É claro que ninguém precisa acreditar em tudo isso.

Ora, naquele mesmo instante, como se constatou mais tarde, Joey perambulava pelos arbustos de artemísia no lado oposto

---

21 Festival da primavera comemorado em 1º de maio em muitos países do Hemisfério Norte, cuja origem remonta aos tempos do Império Romano. Não confundir com o Dia do Trabalho brasileiro. (N. do T.)

do continente, perto de Winnemucca, no Estado de Nevada. Ele havia sido levado para aquela cidade por algumas pessoas boas, parentes distantes de seu falecido pai, e por elas adotado e cuidado com ternura. Mas, naquela noite, a pobre criança saiu de casa e perdeu-se no deserto.

Sua história posterior está envolta na obscuridade e contém lacunas que tão somente conjecturas são capazes de preencher. Sabe-se que ele foi encontrado por uma família de indígenas da tribo Paiute, que cuidou do infeliz por um tempo e o vendeu logo depois – vendeu-o de fato, para uma mulher em um dos trens que passavam rumo ao leste, em uma estação bastante distante de Winnemucca. A mulher afirmou ter feito todo tipo de investigação em relação à origem da criança, mas nada concluiu: assim, sem filhos e viúva, ela mesma o adotou. Nesse ponto de sua carreira, Joey parecia estar se distanciando muito de uma condição de orfanato; a interposição de uma multidão de pais entre ele e aquele estado lamentável prometia-lhe uma longa imunidade às suas desvantagens.

A sra. Darnell, sua mais nova mãe, morava em Cleveland, Ohio. Mas seu filho adotivo não permaneceu muito tempo com ela. Foi visto certa tarde por um policial, novo no ramo, saindo deliberadamente da residência dela, e, ao ser questionado, respondeu que estava "voltando para casa". Deve ter viajado de trem, pois, três dias depois, já se encontrava na cidade de Whiteville – que, como você bem sabe, fica muito longe de Blackburg. Suas roupas estavam em boas condições, mas ele estava repreensivelmente sujo. Incapaz de cuidar de si mesmo, foi preso como vagabundo e condenado à prisão no Abrigo de Crianças – onde lhe deram um banho.

Joey escapou do Abrigo para Crianças de Whiteville – simplesmente fugiu para a floresta certo dia, e o Abrigo nunca mais ouviu falar dele.

Nós o encontramos logo em seguida, ou melhor, voltamos a encontrá-lo, desamparado sob a chuva fria de outono, em uma esquina dos subúrbios de Blackburg – e, agora, parece a coisa certa a fazer explicar que as gotas de chuva que caíam sobre ele não eram realmente escuras e pegajosas: elas apenas não eram capazes de fazer com que seu rosto e suas mãos deixassem de sê-lo. De fato, Joey apresentava-se assustadora e maravilhosamente sujo, como se sua aparência fosse a obra de algum artista. E o desamparado vagabundo não tinha sapatos – seus pés estavam descalços, vermelhos e inchados, e, quando ele andava, mancava com as duas pernas. Quanto às roupas... Ah, seria-lhe difícil nomear qualquer peça de roupa que ele usava, ou dizer por que magia ele a mantinha sobre seu corpo. Que ele estava congelando de frio não havia nenhuma dúvida, já que até ele mesmo sabia disso. Qualquer um teria sentido frio naquele lugar e naquela noite – e, justamente por esse motivo, não se via mais ninguém ali. Como o próprio Jo havia chegado até aquele ponto, ele não saberia de forma nenhuma dizer, mesmo que fosse dotado de um vocabulário superior a cem palavras. Pela maneira como olhava ao redor, podia-se perceber que ele não tinha a menor noção de onde (nem por que) estava ali.

No entanto, a despeito do tempo e de sua idade, ele não era completamente tolo: passando frio e fome, e ainda capaz de andar um pouco, dobrando totalmente os joelhos e colocando um pé diante do outro, ele decidiu entrar em uma das casas que pareciam tão cheias de luz e calor, que ladeavam a rua ora aqui, ora acolá. Mas, quando ele tentou agir de acordo com sua vontade bastante sensata, um cachorro corpulento apareceu e negou-lhe tal direito. Inexprimivelmente assustado e acreditando, sem dúvida (e com certa razão), que a brutalidade exterior ia de acordo com a brutalidade interior, mancou para longe de todas aquelas casas e – cercado por campos cinzentos e úmidos à sua direita e à sua esquerda, com a chuva quase o cegando e a noite envolvendo-o em neblina e trevas – continuou seu caminho ao longo da estrada que leva a Greenton. Ou seja, a estrada que leva a Greenton aqueles que passam antes pelo Cemitério Oak Hill. E, todos os anos, um número considerável de pessoas não consegue passar.

Jo tampouco.

Encontraram-no ali mesmo na manhã seguinte, completamente molhado, com muito frio, mas não mais com fome. Aparentemente, ele havia entrado pelo portão do cemitério – esperando, talvez, que o caminho desse em uma casa onde não houvesse cachorro – e andado cambaleando na escuridão, tendo caído em muitas covas, sem dúvida, até que se cansou de tudo aquilo e simplesmente desistiu. Seu corpinho estava deitado de lado, com uma bochechinha suja sobre uma mão suja, a outra mão enfiada entre seus trapos para aquecê-la, e a outra bochecha finalmente limpa e pálida, como se tivesse recebido um beijo de um dos arcanjos de Deus. E observaram – embora ninguém tivesse pensado muito a respeito à época, já que o corpo não havia sido identificado – que o garotinho estava deitado sobre o túmulo de Hetty Parlow. A sepultura, porém, não se abriu para recebê-lo. Essa é uma circunstância que, sem nenhuma irreverência, poderíamos desejar que tivesse terminado de outra forma.

# AS NOITES EM "HOMEM MORTO"

## UMA HISTÓRIA NÃO VERÍDICA

Era uma noite única, limpa e clara como o núcleo de um diamante. Noites claras têm o encanto de ser empolgantes. Na escuridão, pode-se sentir frio sem se dar conta – quando, enfim, percebemos, sofremos com a descoberta. Essa noite estava clara o suficiente para dar medo a qualquer um. A lua movia-se misteriosamente por trás dos pinheiros gigantes, por sobre a Montanha do Sul, lançando um brilho frio na neve nela incrustada e destacando contra o oeste em trevas os contornos fantasmagóricos da Cordilheira da Costa, além da qual, invisível, ficava o Pacífico. A neve tinha se acumulado nas clareiras ao longo do fundo da ravina, em longas cristas que pareciam se elevar ainda mais e em colinas que pareciam agitar e verter chuviscos. Os tais chuviscos nada mais eram que a luz do sol, refletida em dobro: uma vez lançada pela Lua, outra, pela neve.

Foi por conta dessa neve que muitos dos casebres do campo de mineração abandonado foram destruídos (um marinheiro poderia ter dito que eles haviam afundado), e, em intervalos irregulares, ela ultrapassava os altos cavaletes que outrora sustentavam um rio, que chamavam de "flume" – já que, é claro, "flume" vem de flúmen[22]. O privilégio de falar latim está entre as vantagens de que as montanhas não podem privar o caçador de ouro, que diz, sobre seu companheiro morto: — Ele subiu pelo flume. — O que não é uma maneira tão ruim assim de dizer: — Sua vida retornou à Fonte da Vida.

Ao vestir sua armadura contra os golpes do vento, essa mesma neve não se esqueceu de nenhuma vantagem que poderia ter. A neve perseguida pelo vento não é muito diferente de um exército em retirada. Em campo aberto, divide-se em fileiras e batalhões; onde consegue se firmar, posiciona-se; onde pode se proteger, abriga-se. Podem-se ver pelotões inteiros de neve encolhidos atrás das ruínas de um muro. A velha e tortuosa estrada, escavada na encosta da montanha, estava cheia deles. Um esquadrão após o outro lutava para escapar por aquele front quando, subitamente, a perseguição cessou. É impossível imaginar um local mais desolado e sombrio do que Deadman's Gulch à meia-noite, em pleno inverno. Mesmo assim, o sr. Hiram Beeson optou por morar justamente ali, como seu único habitante.

Mais adiante, na encosta da Montanha Norte, a única vidraça de sua pequena cabana de troncos de pinheiro projetava um longo e fino feixe de luz, que não parecia completamente diferente de um besouro preto preso à encosta por um alfinete novo e brilhante. Em seu interior, sentava-se o próprio sr. Beeson, diante de uma lareira acesa, olhando para suas brasas quentes como se nunca tivesse visto uma coisa como aquela em toda a vida. Ele não era um homem atraente. Tinha os cabelos brancos, era desleixado no vestir - portava meros farrapos -, seu rosto estava pálido e abatido, e seus olhos brilhavam em demasia. Quanto à sua idade, se alguém tentasse adivinhá-la, poderia ter dito 47, corrigindo-se em seguida, dizendo 74. Na verdade, ele tinha apenas 28 anos. Mostrava-se extremamente magro; talvez tanto quanto fosse possível ousar sem chamar a atenção de algum agente funerário de Bentley's Flat que precisasse de

22 Flume ou flúmen, sinônimos de canal (e também usados no original, em inglês), têm sua origem no termo em latim *flumen*, "rio, curso d'água". (N. do T.)

algo para fazer, ou de um legista de Sonora novo no emprego e bastante esforçado[23]. A pobreza e o cuidado são como as pedras superior e inferior de um moinho - é muito perigoso adicionar um terceiro elemento a esse tipo de sanduíche.

Enquanto o sr. Beeson se encontrava ali sentado, com os cotovelos esfarrapados em seus joelhos esfarrapados, o queixo magro enterrado nas mãos finas, e sem nenhuma intenção aparente de ir para a cama, parecia que qualquer movimento, por menor que fosse, acabaria por fazê-lo em pedaços. No entanto, durante a última hora, ele piscara nada menos do que três vezes.

Ouviu-se uma batida forte na porta. Uma batida àquela hora da noite e naquele clima poderia ter surpreendido o mais ordinário dos mortais que tivesse vivido dois anos na ravina sem ver um rosto humano e certamente consciente de que aquela região era intransitável - mas o sr. Beeson nem sequer tirou os olhos das brasas. E, mesmo quando a porta se abriu, ele simplesmente encolheu os ombros um pouco mais, como faz alguém que espera algo que preferiria não ver. Pode-se perceber esse tipo de movimento nas mulheres quando, em uma capela mortuária, logo atrás delas, surge alguém carregando um caixão.

Mas, quando um velho alto, vestindo um sobretudo de manta, com um lenço amarrado à cabeça e quase todo o rosto recoberto por um cachecol, usando óculos verdes e com uma pele - nos lugares em que era possível avistá-la - extremamente pálida, entrou silenciosamente na sala e pousou uma mão dura e enluvada no ombro do sr. Beeson - que, por sua vez, saiu de seu transe a ponto de erguer os olhos, aparentando enorme espanto -, evidentemente, quem quer que ele estivesse esperando não teria aquele aspecto. Ainda assim, a visão desse convidado inesperado produziu no sr. Beeson a seguinte sequência: um sentimento de espanto, uma sensação de gratificação e um instinto de profunda boa vontade.

23 Aqui, o autor relaciona um lugar fictício, "Bentley's Flat", um local remoto e potencialmente valioso no estado americano da Califórnia, e "Sonora", região mexicana conhecida por sua mineração de ouro – ambos vinculados à ganância que acaba por impulsionar o enredo do conto. (N. do T.)

Levantando-se da cadeira, ele retirou a mão nodosa de seu ombro e sacudiu-a para cima e para baixo com um fervor inexplicável, já que a aparência do velho não tinha nada de atraente, mas tudo de repulsivo. No entanto, a atração é uma característica muito comum para que inexista a repulsão. O objeto mais atraente do mundo é o rosto que instintivamente cobrimos com um pano. Quando se torna ainda mais atraente – fascinante, até –, colocamos sete palmos de terra sobre ele.

— Senhor, — disse o sr. Beeson, soltando a mão do velho, que caiu passivamente contra sua coxa com um estalo silencioso — faz uma noite extremamente desagradável. Por favor, sente-se, estou muito feliz em vê-lo.

O sr. Beeson falava com uma gentileza natural, algo que dificilmente se esperaria, considerando-se todas as coisas. Na verdade, o contraste entre sua aparência e seus modos era suficientemente surpreendente, por ser um dos fenômenos sociais mais comuns nas minas. O velho avançou um passo em direção ao fogo, brilhando opacamente nos óculos verdes. Beeson continuou:

— Pode apostar sua vida que sim!

A elegância do sr. Beeson não era das mais refinadas; ele fizera concessões razoáveis ao hábito local. Parou por um instante e deixou seus olhos descerem, da cabeça recoberta de seu convidado ao longo da fileira de botões mofados que confinavam seu sobretudo, até as botas de couro esverdeado, cheias de neve, que começara a derreter e escorrer pelo chão em pequenos veios. Fez um inventário de seu convidado e pareceu satisfeito. Quem não pareceria? Então, continuou:

— O conforto que posso lhe oferecer está, infelizmente, de acordo com o que me rodeia, mas me considerarei altamente favorecido se for do seu agrado compartilhar dele comigo, em vez de procurar algo melhor em Bentley's Flat.

Com um singular refinamento de humilde hospitalidade, o sr. Beeson falou como se uma estada em sua cabana quente em uma noite como aquela – em vez de caminhar mais de 20 quilômetros até o desfiladeiro, através de uma camada de neve cortante de tão fria – fosse um sacrifício intolerável. Em resposta, seu convidado desabotoou o sobretudo. O anfitrião colocou mais lenha no fogo, varreu a lareira com o rabo de um lobo e acrescentou:

— Mas acho melhor o senhor cair fora.

O velho sentou-se perto do fogo, expondo as largas solas dos sapatos ao calor, sem tirar o chapéu. Nas minas, raramente remove-se o chapéu, a não ser quando se retiram as botas. Sem mais comentários, o sr. Beeson também se sentou em uma cadeira que fora certa vez um barril e que, mantendo muito de seu caráter original, parecia ter sido projetada com o objetivo de manter intacta a sua poeira no caso de eventualmente desmoronar. Por um momento, fez-se silêncio; então, de algum lugar entre os pinheiros, surgiu o uivo rosnado de um coiote; e, ao mesmo tempo, a porta chacoalhou no batente. Não houve nenhuma outra ligação entre os dois incidentes além do fato de o coiote ter aversão a tempestades e o vento estar aumentando; no entanto, de alguma forma parecia haver uma espécie de conspiração sobrenatural entre os dois, e o sr. Beeson estremeceu, com uma vaga sensação de terror. Recuperou-se quase imediatamente e dirigiu-se uma vez mais ao seu convidado.

— Há coisas muito estranhas aqui. Contarei-lhe tudo e, se você decidir ir embora, tratarei de acompanhá-lo durante a pior parte do caminho – até onde Baldy Peterson atirou em Ben Hike. Ouso dizer que conhece o lugar.

O velho acenou com a cabeça enfaticamente, insinuando que sabia muito bem onde era.

— Há dois anos — começou o Sr. Beeson — eu, com mais dois companheiros, ocupava esta casa, mas, quando se iniciou a corrida para Flat, todos partimos com o resto. Em dez horas, o desfiladeiro estava deserto. Naquela noite, porém, descobri que havia deixado para trás uma pistola valiosa (essa aí) e voltei para buscá-la, tendo passado a noite aqui sozinho, como tenho passado todas as noites desde então. Devo explicar que, poucos dias antes de partirmos, o nosso empregado chinês teve a infelicidade de morrer enquanto o solo estava tão congelado que era impossível cavar uma cova da forma habitual. Assim, no dia da nossa partida às pressas, cortamos o chão e demos-lhe o funeral que pudemos. Mas, antes de enterrá-lo, tive o mau gosto de cortar seu rabo de cavalo e prendê-lo naquela viga acima de seu túmulo, onde poderá vê-lo agora mesmo ou, de preferência, quando o calor lhe deixar fazê-lo.

— Eu disse, não disse, que o chinês morreu de causas naturais? É claro que não tive nada a ver com aquilo e não voltei aqui por nenhuma atração irresistível ou fascínio mórbido, mas apenas porque havia esquecido a pistola. Isso ficou claro, não é, senhor?

O visitante assentiu gravemente. Parecia ser um homem de poucas palavras, se é que chegava a falar alguma. Beeson continuou:

— Segundo a fé chinesa, o homem é como uma pipa: não pode ir para o céu sem cauda. Bom, para encurtar esta história tediosa - que, no entanto, achei que era meu dever contar -, naquela noite, enquanto eu estava aqui sozinho e pensando em qualquer outra coisa que não fosse ele, o chinês voltou para pegar sua trança.

— E não pegou.

Nesse ponto, o sr. Beeson caiu em um silêncio absoluto. Talvez estivesse cansado do exercício incomum de falar, talvez tivesse evocado uma memória que exigia toda a sua atenção. Agora, o vento soprava bastante forte, e os pinheiros ao longo da encosta da montanha cantavam com uma nitidez singular. O narrador continuou:

— O senhor afirma não ver nada de mais nisso tudo, e devo confessar que eu também não.

— Mas ele continua voltando!

Houve outro longo silêncio, durante o qual ambos olharam para o fogo, sem mover um membro. Então, o sr. Beeson irrompeu, quase ferozmente, fixando os olhos no que conseguia ver do rosto impassível de seu auditor:

— Entregar-lhe? Senhor, neste assunto não tenho intenção de incomodar ninguém em busca de conselhos. Há de me perdoar, tenho certeza, — nesse ponto, ele passou a se mostrar singularmente persuasivo — mas me aventurei a pregar sem demora esse rabo de cavalo e assumi a obrigação um tanto quanto árdua de mantê-lo onde está. Por isso, é praticamente impossível agir de acordo com sua gentil sugestão.

— Você me toma por um *modoc*[24]?

Nada poderia exceder a ferocidade repentina com que ele lançou esse protesto indignado ao ouvido de seu convidado. Foi como se ele o tivesse atingido na lateral da cabeça com uma manopla de aço. Era um protesto, mas também um desafio. Ser confundido com um covarde - ser considerado um *modoc*: ambas as expressões tinham o mesmo significado. Às vezes, trocam *modoc* por chinês. "Você me toma por um chinês?" é uma pergunta frequentemente dirigida aos ouvidos daqueles que se recusam a ouvir.

O revide do sr. Beeson não produziu nenhum efeito, e, depois de uma pausa momentânea, durante a qual o vento trovejou na chaminé como o som de torrões de terra sobre um caixão, ele voltou a falar:

— Mas, como disse, isso está me exaurindo. Sinto que a vida dos últimos dois anos foi um erro - um erro que se corrige automaticamente - sabe muito bem como. O túmulo! Não, não há ninguém que possa cavá-lo. O chão continua congelado. Mas agradeço mesmo assim. Você pode procurar em Bentley's - mas isso não é importante. Foi muito difícil de cortar: eles trançavam seda em meio às tranças. *Ronc!*

O sr. Beeson estava falando com os olhos fechados e vagou por um instante. Sua última palavra havia sido um ronco. No momento seguinte, respirou fundo, abriu os olhos com

24 Tribo indígena originária dos estados norte-americanos da Califórnia e do Oregon. (N. do T.)

esforço, fez um único comentário e caiu em um sono profundo. Eis o que ele disse:

— Eles estão varrendo minha poeira!

Então, o estranho idoso, que não pronunciara uma palavra desde a sua chegada, levantou-se e deliberadamente tirou o sobretudo, parecendo tão anguloso só com uma blusa de flanela quanto a falecida Signorina Festorazzi, uma mulher irlandesa, com 1 metro e 80 de altura e que pesava pouco mais de 25 quilos, que costumava exibir-se só de camisola para o povo de São Francisco. Em seguida, esgueirou-se até um dos "beliches", não sem antes deixar um revólver ao seu alcance, conforme era o hábito daquela região. Tirou o tal revólver de uma prateleira, o mesmo que o sr. Beeson havia dito ser aquele em busca do qual havia retornado ao Gulch dois anos antes.

Instantes depois, o sr. Beeson acordou e, vendo que seu convidado havia se deitado, fez o mesmo. Mas, antes de fazê-lo, aproximou-se da longa mecha trançada de cabelo pagão e deu-lhe um puxão poderoso, para se certificar de que continuava amarrada com firmeza. As duas camas – meras prateleiras com cobertores não muito limpos – ficavam de frente uma para a outra, em lados opostos do quarto, com o pequeno alçapão quadrado que dava acesso ao túmulo do chinês no meio do caminho. E, a propósito, o tal alçapão era atravessado por uma fileira dupla de pontas de espinhos. Mesmo resistente a acreditar no sobrenatural, o sr. Beeson não desprezava o uso de precauções materiais.

O fogo agora estava baixo, com as chamas queimando de forma azulada e petulante e clarões ocasionais que projetavam sombras espectrais nas paredes – sombras que se moviam misteriosamente, ora separando-se, ora voltando a se unir. A sombra da mecha pendurada, no entanto, mantinha-se longe, desolada, junto ao teto, no outro extremo da sala, parecendo um ponto de exclamação. O canto dos pinheiros lá fora ascendera agora à dignidade de um hino triunfal. E, em suas pausas, o silêncio era terrível.

Foi durante um desses intervalos que a tampa do alçapão no chão começou a se levantar. Subiu lenta e continuamente, e, lenta e continuamente, a cabeça enfaixada do velho ergueu-se no beliche para observá-la. Então, com um estrondo que sacudiu até mesmo os alicerces da casa, ela foi, por fim, lançada para trás, onde permaneceu, com suas horrendas pontas em riste, ameaçadoras. O sr. Beeson acordou e, sem se levantar, pressionou os dedos nos olhos. Estremeceu, com os dentes batendo. Agora, seu convidado estava apoiado em um de seus cotovelos e observava o que se passava, com os óculos brilhando como lampiões.

Subitamente, uma rajada de vento desceu uivando pela chaminé, espalhando cinzas e fumaça em todas as direções, obscurecendo tudo por um momento. Quando a luz da lareira iluminou novamente a sala, viu-se, sentado cautelosamente na beirada de um banco junto à lareira, um homenzinho moreno, de aparência atraente e vestido de forma impecável, que acenava para o velho com um sorriso amigável e envolvente. "É de São Francisco, evidentemente", pensou o sr. Beeson que, tendo se recuperado um pouco do susto, tentava encontrar uma solução para os acontecimentos daquela noite.

Mas, então, um outro ator apareceu em cena. Do buraco negro quadrado no meio do chão projetava-se a cabeça do chinês falecido, os olhos vidrados voltados para cima em suas fendas angulares, fixos na mecha pendurada logo acima, com uma expressão indescritível de desejo. O sr. Beeson gemeu e estendeu mais uma vez as mãos sobre o rosto. Um leve odor de ópio impregnava o local. O fantasma, vestido apenas com uma curta túnica azul, acolchoada e de seda mas coberta com o mofo da sepultura, ergueu-se lentamente, como se fosse empurrado por uma delicada mola. Seus joelhos já se encontravam no nível do chão quando, com um rápido impulso para cima, como o salto silencioso de uma chama, ele agarrou a mecha com as duas mãos, ergueu o corpo e prendeu a ponta entre seus horríveis dentes amarelos. Ao fazê-lo, pareceu entrar em transe, fazendo uma careta medonha, avançando e mergulhando de um lado para o outro em seus esforços para libertar sua propriedade da viga, mas sem emitir nenhum som. Era como um cadáver convulsionado artificialmente por meio de uma bateria. O contraste entre sua atividade sobre-humana e seu silêncio era nada menos que hediondo!

O sr. Beeson encolheu-se na cama. O homenzinho moreno descruzou as pernas, bateu impacientemente em uma de suas tatuagens com a ponta da bota e consultou um pesado relógio de ouro. O velho sentou-se, ereto, e segurou silenciosamente o revólver.

Bum!

Como um corpo cortado da corda da forca, o chinês caiu no buraco negro logo abaixo, levando consigo sua mecha entre os dentes. A tampa do alçapão virou-se e se fechou, com um estalo. O moreno cavalheiro de São Francisco saltou com agilidade de seu poleiro, pegou algo no ar com o chapéu, como um menino que pega uma borboleta, e desapareceu na chaminé como se tivesse sido sugado.

De algum lugar ao longe, na escuridão exterior, flutuou pela porta aberta um grito fraco e distante – um lamento longo e soluçante, como o de uma criança estrangulada no deserto ou de uma alma perdida levada pelo Adversário. Pode ter sido o coiote.

---

Nos primeiros dias da primavera seguinte, um grupo de mineiros a caminho de novas escavações passou ao longo do desfiladeiro e, vagando pelos casebres desertos, encontrou em um deles o corpo de Hiram Beeson, estendido sobre um beliche, com um buraco de bala que lhe atravessou o coração. A bala tinha, evidentemente, sido disparada do lado oposto da sala, já que, em uma das vigas de carvalho logo acima, via-se um pequeno amassado azul em um dos nós da madeira, onde a bala ricocheteara, tendo se desviado para baixo, na direção do peito da vítima. Fortemente preso à mesma viga, encontrava-se o que parecia ser a ponta de uma corda trançada de crina de cavalo, que fora talhada pela bala em seu percurso até o nó. Não se via nada mais de interessante, à exceção de um traje com roupas mofadas e ilógicas, várias peças que, posteriormente, foram identificadas por testemunhas confiáveis como o tipo de vestimenta em que certos cidadãos de Deadman eram enterrados anos antes. Mas não é fácil compreender como isso poderia ter acontecido, a menos que, de fato, as roupas tivessem sido usadas como disfarce pela própria Morte - o que não é tão fácil de acreditar.

# ALÉM DA PAREDE

Muitos anos atrás, no caminho de Hong Kong para Nova York, fiquei uma semana em São Francisco. Havia passado muito tempo desde a última vez em que estivera naquela cidade, período em que minhas aventuras no Oriente prosperaram além de minhas esperanças. Eu era então um homem rico e tinha condições de revisitar meu próprio país para renovar minha amizade com os companheiros de minha juventude que ainda ali viviam e se lembravam de mim com o antigo carinho. O principal deles, imaginava eu, era Mohun Dampier, um antigo colega de escola, com quem mantive uma inconstante correspondência, cessada há muito tempo, como acontece com a troca de cartas entre homens. Você deve ter observado que a indisposição para escrever uma carta meramente social equivale ao quadrado da distância que separa você e seu correspondente. Trata-se de uma lei.

Lembrava-me de Dampier como um jovem bonito e forte, de gostos intelectuais, com aversão ao trabalho e uma marcante indiferença em relação a muitas das coisas que importam ao mundo – incluindo a riqueza – a qual, no entanto, herdara o suficiente para deixá-lo em uma posição muito além do alcance de qualquer privação. Na sua família, uma das mais antigas e aristocráticas do país, acredito ter sempre sido motivo de orgulho que nenhum de seus membros tivesse se lançado no comércio nem na política, tampouco incorrido em nenhum tipo de distinção. Mohun era ligeiramente sentimental e tinha em seu íntimo um elemento singular de superstição, que o levou ao estudo de todos os tipos de assuntos ocultos, embora sua firme saúde mental o protegesse contra crenças fantásticas e perigosas. Ele fizera incursões ousadas no reino do irreal sem renunciar à sua residência na região parcialmente pesquisada e mapeada que chamamos, com prazer, de certeza.

A noite em que fui visitá-lo mostrava-se bastante tempestuosa. O inverno californiano estava chegando, e a chuva incessante assolava as ruas desertas ou – erguida por rajadas irregulares de vento – lançava-se contra as casas com uma fúria incrível. Com bastante dificuldade, meu cocheiro encontrou o lugar certo, em um subúrbio pouco povoado, próximo à praia. A habitação, aparentemente bastante feia, ficava no centro do terreno, que, tanto quanto pude perceber na escuridão, era desprovido de quaisquer flores ou grama. Três ou quatro árvores, que se contorciam e gemiam em meio à tempestade, pareciam tentar escapar de seu ambiente sombrio e aproveitar a oportunidade de encontrar um outro melhor no mar. A casa era uma estrutura de tijolos, de dois andares, com uma torre, um andar mais alto, a um canto. Em uma de suas janelas, encontrava-se a única luz visível. Algo na aparência do lugar fez-me estremecer, algo que poderia muito bem ter sido impulsionado por um veio de água da chuva nas minhas costas que me atingira quando corri para me proteger à porta.

Em resposta ao meu bilhete em que o informava do meu desejo de visitá-lo, Dampier escreveu-me: "Não toque a campainha – abra a porta e suba". Foi o que fiz. A escada estava mal iluminada por um único bico de gás no topo do segundo lance. Consegui chegar ao patamar sem nenhum acidente e entrei por uma porta aberta na sala quadrada iluminada da torre. Dampier veio me receber vestindo um roupão e chinelos, saudando-me exatamente como eu desejava, e, se havia pensado que seria mais apropriado ir recepcionar-me na porta da entrada, o primeiro olhar que lhe lancei dissipou qualquer sensação de falta de hospitalidade.

Ele não era a mesma pessoa. Mal saído da meia-idade, tinha os cabelos grisalhos e uma corcunda pronunciada. Sua figura era magra e angular, seu rosto, profundamente enrugado, sua pele, de uma palidez mortiça, sem nenhum toque de cor. Seus olhos, anormalmente grandes, brilhavam com um fogo quase misterioso.

Ele convidou-me a sentar, ofereceu-me um charuto e, com grave e óbvia sinceridade, garantiu-me que tinha grande prazer em me ver. Seguiu-se uma conversa trivial, mas, durante todo o tempo, vi-me dominado por uma sensação melancólica, por conta da grande mudança que ocorrera nele. Ele deve ter percebido minha tristeza, porque, subitamente, disse-me, com um sorriso bastante esfuziante: — Você está decepcionado comigo - *non sum qualis eram*[25].

Mal sabia o que responder; no entanto, consegui dizer: — Ora, de verdade, não sei dizer: seu latim continua praticamente igual.

Seu rosto iluminou-se novamente. — Não, — disse ele — sendo uma língua morta, ela cresce à medida. Mas, por favor, tenha a paciência de esperar: para onde vou talvez haja uma língua melhor. Gostaria de receber uma mensagem nela?

O sorriso desapareceu à medida que ele falava, e, ao concluir, olhava-me nos olhos com uma seriedade que me angustiava. Contudo, eu não haveria de me render ao seu humor, tampouco permitiria que ele visse quão profundamente o seu prenúncio da morte me afetava.

— Imagino que ainda vá demorar muito — disse eu — até que a fala humana deixe de servir às nossas necessidades. E, então, tal necessidade, com todas as suas possibilidades de uso, já terá passado.

Ele não respondeu, e eu também fiquei em silêncio, pois a conversa havia tomado um rumo desanimador, mas eu não sabia como lhe dar um caráter mais agradável. De repente, em um dos intervalos da tempestade, quando o silêncio mortal era quase surpreendente em contraste com o tumulto anterior, ouvi uma leve batida, que parecia vir da parede atrás da minha cadeira. O som era tal que pode ter sido produzido por uma mão humana, não como o de alguém que pede para entrar, mas, pensei, muito

25 "Não sou aquele que era", em latim. (N. do T.)

mais como um sinal combinado, uma garantia da presença de alguém em uma sala ao lado - a maioria de nós, imagino eu, teve mais experiência com esse tipo de comunicação do que gostaria de relatar. Olhei para Dampier. Se é que havia algo de ironia em meu olhar, ela passou despercebida. Ele parecia ter esquecido minha presença e olhava para a parede atrás de mim com uma expressão nos olhos que não consigo nomear, embora minha lembrança dela seja tão vívida hoje quanto era minha percepção a seu respeito à época. A situação tornara-se embaraçosa, e levantei-me para me despedir. Ao fazê-lo, ele pareceu voltar a si.

— Por favor, sente-se, — disse ele — isso não é nada, não há ninguém aí.

Mas as batidas se repetiram, com a mesma insistência suave e lenta de antes.

— Perdoe-me, — retorqui — já é tarde. Posso voltar amanhã?

Ele sorriu - um pouco mecanicamente, pensei. — É muita gentileza sua, — disse ele — mas não há necessidade disso. Na verdade, este é o único cômodo da torre, e não há ninguém aí. Pelo menos... — Sua frase permaneceu incompleta. Ele levantou-se e abriu uma janela, a única abertura na parede de onde o som parecia vir. — Dê uma olhada.

Sem saber claramente o que mais poderia fazer, segui-o até a janela e olhei para fora. Um poste não muito distante fornecia luz suficiente através da escuridão da chuva - que voltara a cair novamente como uma enxurrada - para deixar totalmente claro que "não havia ninguém ali". Na verdade, não havia nada além da parede vazia da torre.

Dampier fechou a janela e fez sinal para que eu me sentasse, sentando-se também.

O incidente em si não era particularmente misterioso, havia uma dúzia de explicações possíveis - embora nenhuma tenha me ocorrido -, mas aquilo havia me impressionado de uma forma estranha, talvez ainda mais por conta do esforço do meu amigo para me tranquilizar, o que parecia dar certo significado e importância às batidas. Ele provara que não havia ninguém ali, mas nesse fato residia justamente todo o meu interesse, e ele não me oferecia nenhuma explicação. Seu silêncio era irritante e me deixara ressentido.

— Meu bom amigo, — disse eu, temendo ter soado um pouco sarcástico — não estou disposto a questionar seu direito de abrigar tantos fantasmas quanto achar agradáveis ao seu gosto, e consistentes com suas noções de companheirismo; nada disso é da minha conta. Mas, sendo apenas um simples homem de negócios, notadamente deste mundo, considero fantasmas desnecessários para minha paz e conforto. Vou para o meu hotel, onde os hóspedes ainda são de carne e osso.

Não foi um discurso muito civilizado, mas ele não manifestou nenhum sentimento a respeito. — Por favor, fique — disse ele. — Estou grato por sua presença aqui. O que ouviu esta noite eu acredito já ter ouvido duas vezes antes. Agora, sei que não foi uma ilusão. E isso é muito importante para mim - mais do que você imagina. Fume um outro charuto e tenha bastante paciência enquanto eu lhe conto a história.

A chuva caía então com mais constância, como um sussurro baixo e monótono, interrompido a longos intervalos pelo súbito golpe dos ramos das árvores à medida que o vento aumentava e diminuía. A noite já ia avançada, mas tanto a simpatia quanto a curiosidade fizeram de mim um ouvinte atento ao monólogo do meu amigo, que não interrompi do começo ao fim com uma única palavra.

— Há dez anos — disse ele — eu ocupava um apartamento térreo em uma fileira de casas, todas iguais, no outro extremo da cidade, no lugar que chamamos de Colina Rincon. Já tinha sido o melhor bairro de São Francisco, mas caíra no abandono e na decadência, em parte porque o caráter inicial da arquitetura de suas casas já não se adequava ao gosto amadurecido de nossos cidadãos ricos, em parte porque certas melhorias públicas haviam-no arruinado. A fileira de casas em que eu morava ficava um pouco afastada da calçada, cada uma com um jardim em miniatura, separada das vizinhas por cercas baixas de ferro e dividida ao meio, com precisão matemática, por um caminho de cascalho cercado de canteiros, que ia do portão da rua até a porta de entrada.

Certa manhã, quando estava saindo de minha residência, observei uma jovem entrar no jardim adjacente, à esquerda. Era um dia quente de junho, e ela vestia trajes brancos e leves. De seus ombros pendia um largo chapéu de palha, bastante decorado com flores e maravilhosamente enfeitado com fitas, de acordo com a moda da época. Minha atenção não se deteu por muito tempo na extraordinária simplicidade de seu traje, pois ninguém conseguia olhar para o seu rosto e pensar em nenhuma outra coisa sobre a terra. Não tenha medo, não vou profanar a beleza dela com uma descrição, era uma jovem linda demais para que eu o fizesse. Tudo o que eu já tinha visto ou sonhado em termos de beleza encontrava-se naquela imagem viva e incomparável, feita pela mão do Artista Divino. Ela comoveu-me com tanta profundidade que, sem pensar na impropriedade de meu ato, inconscientemente descobri a cabeça, como um católico devoto ou um protestante bem-educado descobre-se diante de uma imagem da Santíssima Virgem. A donzela não demonstrou nenhum descontentamento; simplesmente voltou seus gloriosos olhos escuros na minha direção, lançando-me um olhar que me fez perder o fôlego, e, sem nenhum outro reconhecimento do meu ato, entrou na casa. Por um momento fiquei imóvel, de chapéu na mão, dolorosamente consciente de minha grosseria, mas tão dominado pela emoção inspirada por aquela visão de beleza incomparável que a minha penitência foi menos comovente do que deveria ter sido. Então, segui meu caminho, deixando meu coração para trás. No curso natural das coisas que tinha a cumprir, eu provavelmente deveria ter ficado ausente até o anoitecer, mas, no meio da tarde, já estava de volta ao pequeno jardim, demonstrando interesse pelas poucas e tolas flores que nunca havia observado antes. Minha esperança foi em vão – ela não apareceu.

A uma noite de agitação sucedeu um dia de expectativa e decepção, mas, no dia seguinte, enquanto vagava sem rumo pela vizinhança, encontrei-a novamente. É claro que não repeti a loucura de descobrir minha cabeça, tampouco me aventurei a lançar-lhe um olhar muito longo, a manifestar interesse por ela. Ainda assim, meu coração batia de forma audível. Conscientemente, tremi e enrubesci quando ela voltou seus grandes olhos negros para mim, com um óbvio olhar de reconhecimento, totalmente desprovido de ousadia ou faceirice.

Não vou cansá-lo com detalhes; muitas vezes depois disso encontrei a donzela, mas nunca me dirigi a ela, nem procurei chamar sua atenção. Tampouco tomei qualquer atitude para conhecê-la. Talvez minha tolerância, que exige um esforço tão supremo de abnegação, não tenha sido totalmente clara para você. É certo que eu estava apaixonado, mas quem é capaz de dominar seus pensamentos habituais ou reconstruir seu caráter?

Eu era o que algumas pessoas tolas gostam de chamar, e outras, ainda mais tolas, gostam de ser chamadas: um aristocrata; e, apesar da sua beleza, dos seus encantos e graças, a jovem não pertencia à minha classe. Fiquei sabendo o nome dela – que é desnecessário mencionar – e algo a respeito de sua família. Ela era órfã, a sobrinha de uma mulher gorda e absolutamente velha, de quem dependia e em cuja pensão morava. Minha renda era pequena, e me faltava talento para me casar – o que talvez seja uma dádiva. Uma aliança com essa família condenaria-me ao seu modo de vida, separando-me dos meus livros e estudos e, em termos de vida social, acabaria me expulsando do camarote. É fácil depreciar considerações como essas, e não me contive em defender-me. Que me condenem, mas, com toda a justiça, punam também todos os meus ancestrais de gerações a fio, que deveriam ser réus juntamente comigo, e que eu tenha permissão para pleitear, a fim de atenuar a punição, o mandato imperioso da hereditariedade. A uma aliança desse tipo opunham-se todas as células do meu sangue ancestral. Em resumo, meus gostos, hábitos, instintos, qualquer que seja a razão que meu amor me tenha deixado – todos lutaram contra ela. Além disso, eu era um sentimentalista irrecuperável e encontrava um encanto sutil em uma relação impessoal e espiritual – algo que a intimidade poderia vulgarizar e o casamento, certamente, dissiparia. Nenhuma mulher, argumentei, há de ser o que parece esta adorável criatura. O amor é um sonho delicioso – por que deveria eu provocar meu próprio despertar?

O rumo ditado por todo esse sentido e sentimento era óbvio. Honra, orgulho, prudência, preservação dos meus ideais – tudo me ordenava a ir embora, mas para isso eu era fraco demais. O máximo que poderia fazer, com grande esforço, seria parar de encontrar a garota, e foi o que fiz. Evitei até os encontros fortuitos no jardim, saindo de minha residência apenas quando soubesse que ela tinha ido para as aulas de música, e retornando ao anoitecer. No entanto, durante todo aquele tempo, eu estava em transe, entregando-me às fantasias mais fascinantes e ordenando toda a minha vida intelectual de acordo com minha ilusão. Ah, meu amigo, como alguém cujas ações têm uma óbvia relação com a razão, você não pode conhecer o paraíso dos tolos em que vivi.

Certa noite, o diabo pôs na minha cabeça que eu era um idiota indescritível. Com perguntas aparentemente descuidadas e sem propósito, descobri, por meio da fofoqueira da minha senhoria, que o quarto da jovem era colado no meu, com apenas uma divisória que nos separava. Cedendo a um impulso repentino e vulgar, bati na parede, com suavidade. Naturalmente, não houve nenhuma resposta, mas eu não estava disposto a aceitar críticas. A loucura tomou conta de mim, e repeti aquela loucura, aquela ofensa, mas, uma vez mais, não houve nenhum retorno, e tive a decência de desistir.

Uma hora mais tarde, enquanto estava absorto em alguns de meus infernais estudos, ouvi – ou pensei ter ouvido – uma resposta ao meu sinal. Jogando meus livros no chão, saltei para a parede e, tão firmemente quanto meu coração permitia, dei três leves batidas nela. Dessa vez, a resposta foi clara e inequívoca: um, dois, três – uma repetição exata do meu sinal. Aquilo era tudo o que conseguira, mas era suficiente – mais do que suficiente.

Na noite seguinte, e por muitas outras noites depois daquela, a loucura continuou, eu sempre tendo "a última palavra". Durante todo esse período, mantive-me delirantemente feliz, mas, dada a perversidade de minha natureza, continuei decidido a não revê-la. Então, como era de se esperar, parei de obter mais respostas. "Ela está indignada", disse a mim mesmo, "pois acha que o que acredita ser minha timidez não me deixa avançar de forma mais definitiva". Por isso, resolvi procurá-la e conhecê-la melhor e... então? Eu não fazia ideia, tampouco saberia agora, do que aconteceria depois. Só sei que passei dias e dias tentando encontrá-la, sempre em vão: ela tornara-se invisível, e inaudível. Eu assombrava as ruas onde nos havíamos encontrado, mas ela jamais aparecia. Da minha janela, eu observava o jardim em frente à casa dela, mas ela não entrava nem saía. Caí no mais profundo desânimo, acreditando que ela tivesse ido embora, mas não tomei medidas para esclarecer minhas dúvidas perguntando à minha senhoria, por quem, na verdade, eu desenvolvera uma terrível aversão, por ela ter falado da garota, certa vez, com menos reverência do que eu pensava ser adequado.

Veio, então, a noite fatídica. Exausto pela emoção, pela indeterminação e pelo desânimo, fui deitar-me cedo e caí no sono que ainda me era possível. No meio da noite, alguma coisa – algum poder maligno empenhado em destruir para sempre a minha paz – fez com que eu abrisse os olhos e me sentasse, completamente desperto e ouvindo algo atentamente, sem saber o quê. Então, pensei ter ouvido uma leve batida na parede – o mero espectro do familiar sinal. Em poucos instantes, repetiu-se: um, dois, três – não mais alto do que antes, mas demandando uma resposta e esforçando-se para recebê-lo. Eu estava prestes a responder, quando o Adversário da Paz interveio novamente nos meus assuntos, com uma sugestão maliciosa de retaliação. Cruelmente, ela havia me ignorado por muito tempo; agora, era eu quem iria ignorá-la. Que incrível presunção – Deus me perdoe! Fiquei acordado durante todo o resto da noite, fortalecendo minha obstinação com justificativas descaradas e... ouvindo.

No final da manhã seguinte, quando estava saindo de casa, encontrei minha senhoria entrando.

— Bom dia, sr. Dampier — disse ela. — Ficou sabendo da última?

Respondi-lhe, com palavras, que não soubera de notícia nenhuma e, de certa forma, dei a entender que não me importava em ouvir nada. Meus modos escaparam à sua percepção.

— É sobre a jovem doente da casa ao lado — balbuciou ela. — O quê? Não sabia? Ora, ela está doente há semanas. E agora...

Quase saltei sobre ela. — E agora — gritei — e agora o quê?

— Está morta.

Essa não é toda a história. No meio da noite, como soube mais tarde, a paciente, tendo despertado de um longo estupor após uma semana de delírio, pediu - foi essa a última vez que falou algo - que sua cama fosse transferida para o lado oposto do quarto. Os presentes consideraram o pedido um capricho de seu delírio, mas atenderam-no mesmo assim. E, ali, a pobre alma passageira exerceu seu desejo moribundo de restaurar uma ligação interrompida - um fiapo dourado de sentimento, entre a sua inocência e minha baixeza monstruosa, de posse de uma lealdade cega e brutal à Lei do Eu.

Que reparação poderia eu fazer? Há missas suficientes no mundo que possam ser rezadas em favor do repouso das almas que estão no além em noites como essa - espíritos "levados pelos ventos invisíveis" -, vindo na tempestade e na escuridão com sinais e presságios, indícios de memória e presságios de destruição?

Essa foi sua terceira visita. Na primeira, eu estava cético demais para fazer algo além de verificar, por métodos naturais, a natureza do incidente; na segunda, respondi ao sinal depois de ele ter sido repetido diversas vezes, mas sem resultado. A recorrência dessa noite completa a "tríade fatal", exposta por Parapelius Necromantius[26]. Não tenho mais nada a contar.

Quando Dampier terminou sua história, não consegui pensar em nada relevante que quisesse dizer, e interrogá-lo teria sido uma impertinência hedionda. Levantei-me e desejei-lhe boa noite, de forma a transmitir-lhe minha simpatia, que ele reconheceu silenciosamente, com um toque de sua mão. Naquela noite, sozinho com sua tristeza e remorso, ele passou para o Desconhecido.

26 Personagem fictício criado pelo autor. (N. do T.)

# UM NAUFRÁGIO PSICOLÓGICO

No verão de 1874, eu estava em Liverpool, até onde havia ido a trabalho para o banco Bronson & Jarrett, de Nova York. Chamo-me William Jarrett, e meu sócio era Zenas Bronson. A empresa faliu no ano passado, e, incapaz de suportar a derrocada da riqueza para a pobreza, ele morreu.

Tendo terminado o meu trabalho, e sentindo o cansaço e a exaustão inerentes à sua conclusão, senti que uma viagem marítima prolongada seria ao mesmo tempo agradável e benéfica, e, por isso, em vez de utilizar para o meu regresso um dos muitos e excelentes navios de passageiros que fazem o percurso, embarquei rumo a Nova York no veleiro Morrow, com um grande e valioso carregamento de mercadorias que comprara. O Morrow era um navio inglês, com, é claro, poucas acomodações para passageiros, entre eles apenas eu, uma jovem e sua criada, uma senhora negra de meia-idade. Achei estranho que uma jovem viajante inglesa navegasse com aquela senhora como acompanhante, mas, posteriormente, ela me explicou que a tal mulher havia sido deixada com sua família por um homem e a esposa do estado americano da Carolina do Sul, já que ambos haviam falecido no mesmo dia na casa do pai da jovem, em Devonshire – uma circunstância por si só suficientemente incomum para permanecer bastante clara em minha memória, mesmo que depois não tivesse sabido, em uma conversa com a jovem, que o nome do tal homem era William Jarrett, o mesmo que o meu. Eu sabia que parte da minha família havia se estabelecido na Carolina do Sul, mas eu não conhecia nenhum desses parentes, tampouco sua história.

O Morrow partiu da foz do Rio Mersey no dia 15 de junho, e, por várias semanas, tivemos brisas favoráveis e um céu sem nuvens. O capitão, um marinheiro admirável e nada mais, favorecia-nos com muito pouco da sua companhia, a não ser à mesa; e a jovem, a srta. Janette Harford, e eu acabamos nos conhecendo muito bem. Estávamos, na verdade, quase sempre juntos, e, como sempre tive um caráter introspectivo, muitas vezes eu me esforçava para analisar e definir o novo sentimento que ela me inspirava – uma atração secreta, sutil, mas poderosa, que constantemente me impelia a procurá-la –, mas meus esforços se mostraram inúteis. Ao menos tinha a certeza de que não se tratava de amor. Tendo me assegurado disso, e certo de que ela era igualmente sincera, aventurei-me certa noite (lembro ter sido no dia 3 de julho), enquanto estávamos sentados no convés, a perguntar-lhe, rindo, se ela poderia me ajudar a resolver minha dúvida psicológica.

Por um momento, ela ficou em silêncio, desviando o rosto, e comecei a temer ter sido extremamente rude e indelicado; então, ela fixou os olhos nos meus com seriedade. Em um único instante, minha mente foi dominada pela fantasia mais estranha que já existiu na consciência humana. Ela parecia estar olhando para mim não com aqueles olhos, mas através deles – a uma distância incomensurável atrás deles –, e, além dela, várias outras pessoas, homens, mulheres e crianças, em cujos rostos captei expressões evanescentes estranhamente familiares, todos agrupados ao seu redor, lutavam com uma afável ansiedade para olhar para mim através das mesmas órbitas. Navio, oceano, céu – tudo havia desaparecido. Eu não tinha consciência de nada além das figuras dessa extraordinária e fantástica cena. Então, subitamente, a escuridão recaiu sobre mim, e, logo depois dela, como alguém que gradualmente se acostuma a uma luz mais fraca, meu antigo ambiente de convés, mastros e cordames lentamente retornou. A srta. Harford fechara os olhos e recostara-se na cadeira, aparentemente dormindo, com o livro que estava lendo aberto no colo. Impelido por sabe-se lá qual motivo, olhei para o topo da página – tratava-se de uma cópia daquela rara e curiosa obra, as *Meditações de Denneker*[27], e o dedo indicador da senhora estava pousado na passagem que segue:

> *"A muitos é permitido afastar-se e separar-se do corpo por um período, pois, no que diz respeito aos riachos que fluiriam uns através dos outros, o mais fraco é levado pelo mais forte, e, assim, há certos parentes cujos caminhos se cruzam, cujas almas servem de companhia, enquanto seus corpos seguem trilhas previamente designadas, sem sabê-lo."*

----------

A srta. Harford levantou-se, estremecendo; o Sol havia afundado no horizonte, mas não fazia frio. Não houve um sopro de vento sequer. Não havia nuvens no céu, mas nenhuma estrela era visível. Um barulho apressado soou no convés; o capitão, chamado do patamar inferior, juntou-se ao primeiro oficial, que ficou olhando o barômetro. — Meu Deus! — ouvi-o exclamar.

Uma hora depois, a forma de Janette Harford, invisível na escuridão e na água, foi arrancada de minhas mãos pelo vórtice cruel do navio que afundava, e desmaiei nas cordas do mastro flutuante ao qual me amarrara.

Foi à luz do lampião que acordei. Fiquei deitado em um beliche, em meio ao ambiente familiar da cabine de um navio a vapor. Em um sofá em frente, estava sentado um homem, meio despido para dormir, que lia um livro. Reconheci o rosto do meu amigo Gordon Doyle, que conhecera em Liverpool no dia do meu

27 Ver nota 18. (N. do T.)

embarque, quando ele próprio estava prestes a embarcar no vapor Cidade de Praga e insistia para que o acompanhasse.

Depois de alguns momentos, falei seu nome. Ele simplesmente disse: — Bom — e virou uma página de seu livro, sem tirar os olhos do que lia.

— Doyle, — repeti— ela foi salva?

Ele, então, dignou-se a olhar para mim e sorriu como se houvesse dito algo engraçado. Evidentemente, pensou que eu ainda estava meio acordado.

— Ela? De quem está falando?

— Janette Harford.

O que achara engraçado tornou-se espanto. Ele me encarou fixamente, sem dizer nada.

— Você vai me contar depois de algum tempo — continuei. — Imagino que vá me contar depois de um tempo.

No instante seguinte, perguntei: — Que navio é este?

Doyle olhou-me fixamente mais uma vez. — O vapor Cidade de Praga, que saiu de Liverpool para Nova York há três semanas com o eixo quebrado. Passageiro principal, sr. Gordon Doyle; idem ao lunático sr. William Jarrett. Esses dois ilustres viajantes embarcaram juntos, mas estão prestes a se separar, sendo a intenção resoluta do primeiro lançar o último ao mar.

Sentei-me. — Você quer dizer que há três semanas sou passageiro deste navio?

— Sim, praticamente. Estamos no dia 3 de julho.

— Estive doente?

— Esteve ereto como um tripé, e foi bastante pontual em todas as refeições.

— Meu Deus! Doyle, há algum mistério nisso tudo, faça-me a gentileza de falar com seriedade. Por acaso não fui resgatado dos destroços do Morrow?

Doyle mudou de cor e, aproximando-se de mim, colocou os dedos em meu pulso. Logo depois, perguntou-me, com toda a calma: — O que você sabe a respeito de Janette Harford?

— Primeiro, diga-me você o que sabe sobre ela.

O sr. Doyle olhou para mim por alguns momentos, como se estivesse pensando no que fazer, e, depois, sentando-se novamente no sofá, disse:

— E por que não diria? Estou noivo de Janette Harford, que conheci há um ano em Londres. A família dela, uma das mais ricas de Devonshire, sofreu muito com isso, e nós fugimos - estamos fugindo, pois, no dia em que você e eu caminhamos até o cais para embarcar neste navio, ela e sua fiel criada, uma senhora negra, passaram por nós, dirigindo-se ao Morrow. Ela não consentiu em ir no mesmo barco que eu, e achamos melhor que ela embarcasse em um navio a vela, para evitar qualquer suspeita e diminuir o risco de nos descobrirem. Agora, estou alarmado com a possibilidade de que esta maldita quebra de nosso maquinário possa nos deter por tanto tempo que o Morrow chegue a Nova York antes de nós, e a pobre garota não saiba para onde ir.

Fiquei imóvel no meu beliche - tão imóvel que mal respirava. Mas, evidentemente, o assunto não desagradava a Doyle, e, após um breve intervalo, ele retomou sua história:

— A propósito, ela é apenas a filha adotiva dos Harfords. Sua mãe morreu na casa deles, ao ser atirada de um cavalo enquanto caçava, e seu pai, enlouquecido pela dor, fugiu no mesmo dia. Ninguém jamais reivindicou a criança, e, depois de um tempo razoável, eles decidiram adotá-la. Ela cresceu acreditando ser filha deles.

— Doyle, que livro você está lendo?

— Ah, uma obra chamada *Meditações de Denneker*. É muito rum, foi Janette quem me deu, já que ela tinha duas cópias. Quer vê-lo?

Ele me jogou o volume, que se abriu ao cair. Em uma das páginas expostas, havia uma passagem marcada:

> *"A muitos é permitido afastar-se e separar-se do corpo por um período, pois, no que diz respeito aos riachos que fluiriam uns através dos outros, o mais fraco é levado pelo mais forte, e, assim, há certos parentes cujos caminhos se cruzam, cujas almas servem de companhia, enquanto seus corpos seguem trilhas previamente designadas, sem sabê-lo."*

— Ela tinha... ela tem... um gosto singular pela leitura — consegui dizer, controlando minha agitação.

— Sim. E, agora, talvez você me faça a gentileza de explicar como sabia o nome dela e do navio em que ela navegava.

— Você falou dela enquanto dormia — respondi.

Uma semana depois, fomos rebocados para o porto de Nova York. Mas nunca mais se ouviu falar do Morrow.

# O DEDO MÉDIO DO PÉ DIREITO

## I

Todos sabem muito bem que a antiga casa de Manton é mal-assombrada. Em todos os distritos rurais próximos, e mesmo na cidade de Marshall, a um quilômetro e meio de distância, nenhuma pessoa de mente imparcial tem dúvidas a este respeito: a incredulidade está confinada àquelas pessoas obstinadas que passarão a ser chamadas de "excêntricas" assim que essa palavrinha útil tiver penetrado no domínio intelectual do jornal *Advance*, de Marshall. A evidência de que a casa é mal-assombrada tem duas vertentes: o depoimento de testemunhas desinteressadas que tiveram provas oculares, e o da própria casa. A primeira pode ser desconsiderada e descartada por qualquer um dos vários motivos de objeção que possam ser apresentados contra ela pelos mais inteligentes; mas os fatos observados por todos são materiais e preponderantes.

Em primeiro lugar, a casa de Manton está desocupada por mortais há mais de dez anos, e suas dependências estão lentamente caindo aos pedaços – uma circunstância que, por si só, os sensatos dificilmente se aventurarão a ignorar. Ela fica um pouco afastada do trecho mais desolado da estrada que liga Marshall a Harriston, em uma clareira que já foi uma fazenda e que continua desfigurada por fragmentos de cerca podre, parcialmente coberta por arbustos que cobrem um solo pedregoso e estéril, há muito desconhecido do arado. A casa em si está em condições razoavelmente boas, embora muito manchada pelo tempo e necessitando urgentemente da atenção do vidraceiro, e tendo a menor população masculina da região atestado, ao seu estilo, sua desaprovação a moradas sem moradores. Tem dois andares, é praticamente quadrada, com a frente perfurada por uma única porta flanqueada de cada lado por uma janela totalmente fechada com tábuas. As janelas do andar superior correspondentes, sem proteção, servem para permitir a entrada de luz e chuva nos quartos de cima. A grama e as ervas daninhas crescem bastante por toda parte, e algumas árvores frondosas, um tanto quanto prejudicadas pelo vento, que se inclinam em uma única direção, parecem estar fazendo um esforço concentrado para fugir. Em suma, como explicou o humorista da cidade de Marshall nas colunas do *Advance*, "a sugestão de que a casa de Manton é mal-assombrada é a única conclusão lógica, diante de seus arredores". O fato de que nessa residência o sr. Manton tenha pensado ser conveniente, certa noite, há cerca de dez anos, levantar-se e cortar a garganta de sua esposa e de seus dois filhos pequenos, mudando-se imediatamente para outra parte do país, sem dúvida nenhuma contribuiu para direcionar a atenção do público quanto à adequação do local para fenômenos sobrenaturais.

A essa casa, em certa noite de verão, chegaram quatro homens em uma carroça. Três deles desembarcaram prontamente, e o que estava dirigindo atrelou o carro ao único poste restante do que havia sido uma cerca. O quarto homem permaneceu sentado na carroça. — Vamos — disse um de seus companheiros, aproximando-se dele, enquanto os outros se afastavam em direção à habitação — é este o lugar.

O homem a quem ele se dirigiu não se mexeu. — Santo Deus! — disse ele, com brutalidade — isso me parece uma cilada, e você está metido nela.

— Talvez esteja — disse o outro, olhando-o diretamente nos olhos e falando com um tom que continha certo desprezo. — No entanto, você deve se lembrar de que a escolha do lugar, com seu próprio consentimento, foi entregue ao lado oposto. Mas, claro, se você tem medo de fantasmas...

— Não tenho medo de nada — o homem interrompeu-o com outra blasfêmia e saltou para o chão. Em seguida, ambos se juntaram aos demais à porta, que um deles já havia aberto com certa dificuldade, por causa da ferrugem da fechadura e da dobradiça. Entraram todos. O interior estava escuro, mas o homem que havia destrancado a porta pegou fósforos e uma vela, e acendeu-a. Destrancou, então, uma porta à direita, enquanto eles estavam no corredor. Isso lhes deu acesso a uma sala grande e quadrada, que a vela iluminava fracamente. O chão tinha um tapete espesso de poeira, que abafava parcialmente os passos. Teias de aranha nos cantos das paredes pendiam do teto como tiras de renda apodrecida, fazendo movimentos ondulatórios no ar agitado. A sala tinha duas janelas em lados adjacentes, mas de nenhuma delas se via nada além das ásperas superfícies internas das tábuas, a alguns centímetros do vidro. Não havia lareira nem mobília, absolutamente nada – além das teias de aranha e da poeira, os quatro homens eram os únicos objetos que não faziam parte da estrutura.

Todos pareciam muito estranhos sob a luz amarelada da vela. Aquele que descera com tanta relutância da carroça estava especialmente espetacular – poderiam chamá-lo de sensacional. Era de meia-idade, forte, com peito e ombros largos. Ao olhar para sua figura, qualquer um diria que ele tinha a força de um gigante; ao olharem para suas feições, diriam que ele usaria de sua força como um gigante. Estava barbeado e tinha o cabelo grisalho, bastante curto. Sua testa baixa era marcada por rugas acima dos olhos, que se tornavam verticais sobre o nariz. As pesadas sobrancelhas negras seguiam a mesma reta, e não chegavam a se encontrar apenas por conta de uma curva ascendente justamente no local que teria sido seu ponto de contato. Profundamente afundado abaixo delas, brilhava na luz obscura um par de olhos de cor incerta, mas obviamente pequenos demais. Havia algo de ameaçador em sua expressão, sensação em nada melhorada por sua boca cruel e pela mandíbula larga. O nariz não era tão ruim, no que diz respeito à aparência geral de um nariz - ninguém espera grande coisa dos narizes. Tudo o que havia de sinistro no rosto do homem tinha seu efeito acentuado por uma palidez antinatural - ele parecia completamente exangue.

A aparência dos outros homens era bastante comum: pessoas que conhecemos, mas nem sequer lembramos de ter conhecido. Todos eram mais jovens do que o homem descrito, e, entre este e o mais velho dos demais, que se mantinha afastado, aparentemente não havia nenhum sentimento mais bondoso. Ambos evitavam olhar um para o outro.

— Senhores, — disse o homem que segurava a vela e as chaves — acredito estar tudo certo. Está pronto, sr. Rosser?

O homem afastado do grupo curvou-se e sorriu.

— E o senhor, sr. Grossmith?

O homem pesado curvou-se e fez uma cara feia.

— Terão de se livrar de suas roupas pesadas.

Eles logo se despiram de seus chapéus, casacos, coletes e gravatas, lançando-os para fora do recinto, no corredor. O homem com a vela assentiu, e o quarto homem - aquele que insistira com Grossmith para que abandonasse a carroça - tirou do bolso do sobretudo duas longas facas Bowie[28], de aspecto brutal, sacando-as, por sua vez, de suas bainhas de couro.

— Elas são exatamente iguais — disse ele, apresentando uma para cada um dos dois homens principais - já que, a essa altura, mesmo o observador mais estúpido já teria entendido a natureza daquela reunião. Seria um duelo até a morte.

Cada combatente pegou uma faca, examinou-a com atenção perto da vela e testou a força da lâmina e do cabo no joelho levantado. Foram revistados, então, cada um pelo homem que acompanhava seu antagonista.

28 Facas de defesa e caça, rústicas e de grandes proporções, com longas lâminas – maiores de 25 cm –, muito empregadas nas fronteiras dos Estados Unidos desde meados do século XVIII. (N. do T.)

— Se for do seu agrado, sr. Grossmith, — disse o homem que segurava a vela — poderá se colocar naquele canto.

Ele indicou o canto da sala mais distante da porta, aonde Grossmith se dirigiu, e seu padrinho afastou-se dele com um aperto de mão que nada tinha de cordial. No canto mais próximo da porta, o sr. Rosser se posicionou, e, após uma consulta sussurrada, seu padrinho deixou-o e juntou-se ao outro perto da porta. Naquele instante, a vela apagou-se subitamente, deixando tudo na mais profunda escuridão - o que pode ter acontecido por conta de uma corrente de ar que vinha da porta aberta; seja qual fosse a causa, o efeito foi surpreendente.

— Cavalheiros, — disse uma voz, que soava estranhamente desconhecida na condição alterada que afetava as relações dos sentidos — cavalheiros, não devem se mover até ouvirem o fechamento da porta de entrada.

Seguiu-se um som de passos e, em seguida, o fechamento da porta interna. Por fim, a porta de entrada se fechou, com um abalo que sacudiu toda a construção.

Poucos minutos depois, um garoto local, atrasado para as suas tarefas, passou por uma carroça conduzida furiosamente em direção à cidade de Marshall. Ele declarou que atrás das duas figuras sentadas no banco da frente havia uma terceira, com as mãos sobre os ombros curvados das primeiras, que pareciam lutar em vão para se libertar delas. A tal figura, ao contrário das outras, estava vestida de branco e, sem dúvida nenhuma, embarcara na carroça quando eles passaram pela casa mal-assombrada. Como o rapaz se vangloriava de ter tido consideráveis experiências anteriores com o sobrenatural, sua palavra tinha o peso do depoimento de um especialista. A história (em conexão com os acontecimentos do dia seguinte) acabou aparecendo no *Advance*, com alguns pequenos enfeites literários e uma insinuação final de que os cavalheiros mencionados teriam permissão para usar as colunas do jornal para a sua própria versão da aventura daquela noite. Mas tal privilégio permaneceu sem requerentes.

# II

Os eventos que levaram a esse "duelo no escuro" foram bastante simples. Certa noite, três jovens da cidade de Marshall estavam sentados em um canto tranquilo da varanda do hotel do vilarejo, fumando e discutindo assuntos que três jovens instruídos de um lugarzinho do sul naturalmente achariam interessantes. Seus nomes eram King, Sancher e Rosser. Não muito longe dali, a uma distância em que tudo ouvia, mas sem tomar parte na conversa, estava sentado um quarto rapaz, desconhecido dos outros. Eles sabiam apenas que, ao chegar de diligência naquela mesma tarde, ele havia escrito no registro do hotel o nome de Robert Grossmith. Não o viram conversando com ninguém a não ser com o funcionário do hotel. Ele parecia, de fato, gostar muito de sua própria companhia – ou, como o pessoal do *Advance* expressou, "cruelmente viciado em associações malignas". Mas, para fazer justiça ao estranho, também deveriam ter dito que seu próprio pessoal era de uma disposição demasiado sociável para julgar alguém dotado de caráter diferente, e, além disso, que tinham sido ligeiramente rejeitados quando da tentativa de uma "entrevista".

— Eu odeio qualquer tipo de deformidade em uma mulher, — disse King — seja natural ou... adquirida. Tenho uma teoria de que qualquer defeito físico tem seu correlato defeito mental e moral.

— Deduzo, então, — disse Rosser, com seriedade — que uma senhora sem a vantagem moral de um nariz consideraria a luta para se tornar a sra. King uma árdua empreitada.

— É claro que você pode pôr as coisas dessa maneira — foi a resposta — mas, falando sério, uma vez eu abandonei uma garota muito charmosa ao saber, acidentalmente, que ela havia sofrido a amputação de um dedo do pé. Pode até dizer que minha conduta foi cruel, mas, se eu tivesse me casado com aquela garota, teria sido infeliz pelo resto da vida e, certamente, tampouco a teria feito feliz.

— Considerando-se que, — disse Sancher, rindo ligeiramente — ao se casar com um cavalheiro de opiniões mais liberais, ela acabou com a garganta cortada.

— Ah, você sabe de quem estou falando. Sim, ela se casou com Manton, mas não sei nada a respeito de suas opiniões liberais. Não tenho certeza, mas acredito que ele tenha lhe cortado a garganta porque descobriu que lhe faltava aquela excelente parte na mulher, o dedo médio do pé direito.

— Olhem aquele sujeito! — disse Rosser em voz baixa, com os olhos fixos no estranho.

*Aquele sujeito* estava obviamente ouvindo a conversa com atenção.

— Que atrevimento absurdo! — murmurou King. — O que devemos fazer?

— Isso é fácil — respondeu Rosser, levantando-se. — Meu senhor, — continuou ele, dirigindo-se ao estranho — acho que seria melhor se retirasse sua cadeira para o outro lado da varanda. A companhia de cavalheiros é, evidentemente, uma situação desconhecida para o senhor.

O homem levantou-se de um salto e avançou com as mãos cerradas, o rosto branco de raiva. Agora, todos estavam de pé. Sancher colocou-se entre os adversários.

— Está sendo precipitado e injusto — disse ele a Rosser. — Este cavalheiro não fez nada para merecer que lhe falem desse jeito.

Mas Rosser não quis retirar uma só palavra. Pelo costume do local e da época, só poderia haver um resultado para aquela disputa.

— Exijo a satisfação devida a um cavalheiro — disse o estranho, que se tornara mais calmo. — Não tenho nenhum conhecido nesta região. Talvez o senhor — disse, curvando-se para Sancher — faça a gentileza de me representar nesta questão.

Sancher aceitou a confiança – com certa relutância, deve-se confessar, já que a aparência e os modos do homem não lhe agradavam em nada. King, que durante o colóquio mal tirou os olhos do rosto do estranho e não disse uma só palavra, consentiu com um aceno de cabeça em agir em nome de Rosser, e, como resultado – depois que os duelistas haviam se retirado – foi marcada uma reunião para a noite seguinte. A natureza dos acordos já foi divulgada. O duelo com facas em um quarto escuro fora uma situação muito mais comum na vida no sudoeste do país do que, provavelmente, jamais voltará a ser. Veremos até que ponto o verniz de "cavalheirismo" cobria a mera brutalidade do código que regia a existência de tais encontros.

## III

No auge do meio-dia de uma tarde de verão, a velha casa de Manton dificilmente era fiel às suas tradições. Era uma casa da terra, terrena. O sol acariciava-a com ternura e carinho, com evidente desrespeito à sua má reputação. A grama que esverdeava toda a extensão à sua frente parecia crescer, não de forma grosseira, mas com uma exuberância natural e alegre, e as ervas daninhas floresciam como plantas. Cheias de luzes e sombras encantadoras e repletas de pássaros de vozes agradáveis, as árvores frondosas negligenciadas não mais lutavam para fugir, mas curvavam-se, reverentemente, sob o jugo do sol e da música. Mesmo nas janelas superiores, sem vidro, havia uma expressão de paz e contentamento, devido à luz que adentrava a casa. Sobre os campos pedregosos o calor visível dançava com um tremor vivo, incompatível com a gravidade que é um dos atributos do sobrenatural.

Foi sob esse aspecto que o lugar se apresentou ao xerife Adams e a dois outros homens que vieram de Marshall para examiná-lo. Um deles era o sr. King, o vice-xerife; o outro, cujo nome era Brewer, era irmão da falecida sra. Manton. Nos termos de uma lei beneficente do Estado relativa a bens que tenham sido abandonados durante um determinado período por um proprietário cuja residência não pode ser determinada, o xerife tornara-se o guardião legal da fazenda Manton e dos pertences nela encontrados. Sua visita atual ocorria em mera conformidade com alguma ordem de um tribunal no qual o sr. Brewer entrara com uma ação para obter a posse da propriedade, como herdeiro de sua falecida irmã. Coincidentemente, a visita ocorreu no dia seguinte à noite em que o vice King destrancara a casa para outro propósito, muito diferente. Sua presença, agora, não era escolha sua: ele recebera ordens de acompanhar seu superior e, no momento, não conseguiu pensar em nada mais prudente do que fingir certo entusiasmo em obediência à ordem.

Ao abrir descuidadamente a porta da frente, que, para sua surpresa, não estava trancada, o xerife ficou pasmo ao ver, caído no chão do corredor para o qual ela se abria, uma pilha confusa de roupas masculinas. O exame revelou que era composta de dois chapéus e o mesmo número de casacos, coletes e cachecóis, todos em notável estado de conservação, embora um tanto quanto maculados pela poeira sob a qual jaziam. O sr. Brewer ficou igualmente surpreso, mas não há registros da emoção do sr. King. Com um novo e vivo interesse pelas próprias ações, o xerife destrancou e abriu uma porta à direita, e os três entraram no recinto. O quarto estava aparentemente vazio... Não, à medida que seus olhos se acostumaram à luz mais fraca, algo ficou visível no ponto mais distante da parede oposta. Era uma figura humana – a de um homem agachado a um canto. Algo na sua posição fez com que os intrusos parassem quando mal haviam ultrapassado a soleira. A figura se definia cada vez mais claramente. O homem estava apoiado sobre um joelho, as costas apoiadas no canto da parede, os ombros elevados até a altura das orelhas, as mãos diante do rosto, as palmas voltadas para fora, os dedos abertos e tortos como garras; o rosto branco, virado para cima sobre o pescoço retraído, tinha uma expressão de medo indefinível, a boca entreaberta, os olhos incrivelmente dilatados. Estava morto. No entanto, à exceção de uma faca Bowie, que evidentemente havia caído de sua mão, não havia nenhum outro objeto na sala.

Na poeira espessa que cobria o chão, havia algumas pegadas confusas perto da porta e ao longo da parede em que ela abria. Também ao longo de uma das paredes adjacentes, além das janelas tapadas com tábuas, estava o caminho feito pelo próprio homem para chegar ao canto onde se encontrava. Instintivamente, ao se aproximarem do corpo, os três homens seguiram aquela trilha. O xerife agarrou um dos braços estendidos; estava rígido como ferro, e a aplicação de uma força suave balançava todo o corpo, sem alterar sua posição geral. Brewer, pálido de agitação, olhou atentamente para o rosto distorcido. — Deus misericordioso! — ele gritou de repente: — é Manton!

— Tem razão — disse King, evidentemente tentando se acalmar: — eu conheci Manton. Naquela época, ele usava uma barba cheia e cabelos compridos, mas é ele, sim.

Ele poderia ter acrescentado: "Eu o reconheci quando ele desafiou Rosser para um duelo. Falei para Rosser e Sancher quem ele era antes de lhe pregarmos essa peça terrível. Quando Rosser deixou este quarto escuro logo atrás de nós, esquecendo-se completamente de suas roupas de frio, tão agitado que estava, e partindo conosco em mangas de camisa - durante todo esse vergonhoso procedimento, sabíamos com quem estávamos lidando, com o assassino covarde que ele era!".

Mas nada disso disse o sr. King. Diante de um cenário mais iluminado, ele tentava penetrar no mistério da morte do homem. Que ele não havia saído nenhuma vez do canto onde estava posicionado; que sua postura não indicava nem ataque nem defesa; que ele havia largado a arma; que obviamente havia morrido de puro horror por algo que vira - essas eram circunstâncias que a inteligência perturbada do sr. King não conseguia de todo compreender.

Tateando na escuridão intelectual em busca de uma pista para seu labirinto de dúvidas, seu olhar, dirigido mecanicamente para baixo, como quem pondera assuntos importantes, caiu sobre algo que, ali, à luz do dia e na presença de companheiros vivos, o aterrorizou. Na poeira dos anos que jazia espessa no chão - indo da porta pela qual eles haviam entrado e atravessando a sala até a cerca de um metro do cadáver agachado de Mantonn -, havia três linhas paralelas de pegadas - leves, mas bem definidas - de pés descalços: as externas, de crianças pequenas; as internas, de uma mulher. E não voltavam do ponto em que terminavam, pois todas apontavam apenas para um lado. Brewer, que as observara no mesmo instante que ele, inclinou-se para a frente com uma atitude de extrema atenção, horrivelmente pálido.

— Olhem para isso! — gritou ele, apontando com as duas mãos para a marca mais próxima do pé direito da mulher, onde ela aparentemente havia parado e ali ficado. — Falta-lhe o dedo do meio do pé - era Gertrude!

Gertrude era a falecida sra. Manton, irmã do sr. Brewer.

# O FUNERAL DE JOHN MORTONSON[29]

John Mortonson estava morto: suas falas na "tragédia 'humana'" foram todas proferidas, e ele deixou o palco.

Seu corpo repousava em um belo caixão de mogno equipado com um visor de vidro. Cuidaram tão bem de todos os preparativos para o funeral que, se o falecido ficasse sabendo, sem dúvida o teria aprovado. O rosto, tal como aparecia sob o vidro, não era desagradável de olhar: exibia um leve sorriso e, como a morte fora indolor, não se distorcera além do poder reparador do agente funerário. Às 2 horas da tarde, os amigos se reuniriam para prestar sua última homenagem de respeito a alguém que não precisava mais de amigos nem de respeito. Os membros sobreviventes da família vinham até o caixão em intervalos de poucos minutos e choravam acima das feições plácidas sob o vidro. Isso não lhes fazia bem; não fazia bem a John Mortonson; mas, na presença da morte, a razão e a filosofia ficam em silêncio.

À medida que se aproximava o horário do enterro, os amigos começaram a chegar e, depois de oferecerem aos parentes feridos o consolo exigido pelas conveniências da ocasião, sentavam-se solenemente pela sala, com maior consciência de sua importância no esquema fúnebre. Então, veio o sacerdote, e, naquela presença ofuscante, as luzes menores eclipsaram-se. Sua entrada foi seguida pela da viúva, cujas lamentações encheram a sala. Ela se

29 Notas aproximadas desta história foram encontradas entre os papéis do falecido Leigh Bierce. Foram impressas aqui apenas com a revisão que o próprio autor teria feito durante a transcrição. (N. do E.)

aproximou do caixão e, depois de encostar o rosto no vidro frio por um momento, foi gentilmente conduzida a um assento, perto da filha. Triste e baixo, o homem de Deus começou seu panegírico ao morto, e sua voz dolorosa, misturada aos soluços que pretendia estimular e sustentar, aumentava e abaixava, parecendo ir e vir, como o som de um mar soturno. O dia sombrio tornava-se mais escuro à medida que ele falava; uma cortina de nuvens cobria o céu, e algumas gotas de chuva caíam de forma audível. Parecia que toda a natureza chorava por John Mortonson.

Quando o sacerdote terminou seu discurso fúnebre com uma oração, um hino foi cantado, e os portadores do caixão tomaram seus lugares ao lado do esquife. Quando as últimas notas do hino cessaram, a viúva correu para o caixão, lançou-se sobre ele e soluçou histericamente. Gradualmente, porém, ela cedeu à dissuasão, tornando-se mais serena; e, quando o sacerdote estava prestes a levá-la embora, seus olhos procuraram o rosto do morto sob o vidro. Ergueu, então, os braços e, com um grito, caiu para trás, desacordada.

Os enlutados avançaram em direção ao caixão, os amigos os seguiram, e, quando o relógio sobre a lareira bateu solenemente as 3, todos olhavam para o rosto de John Mortonson, falecido.

Viraram-se para o lado oposto, nauseados e enfraquecidos. Um homem, ao tentar, aterrorizado, escapar daquela visão terrível, tropeçou no caixão com tanta força que derrubou um de seus frágeis suportes. O caixão caiu no chão, e o visor se quebrou em pedaços com o choque.

Da abertura rastejou o gato de John Mortonson, que preguiçosamente saltou para o chão, sentou-se, limpou tranquilamente o focinho vermelho com a pata dianteira e, depois, saiu da sala com dignidade.

# O REINO DO IRREAL

## I

Durante uma parte da distância entre Auburn e Newcastle, a estrada – primeiro de um lado de um riacho e, depois, do outro – ocupa todo o fundo da ravina, sendo parcialmente cortada na encosta íngreme e parcialmente construída com rochedos removidos do leito do riacho pelos mineiros. As colinas são arborizadas, o curso da ravina é sinuoso. Numa noite escura, é preciso conduzir com muito cuidado para não cair na água. A noite que tenho na memória estava bastante escura, e o riacho tornara-se uma torrente, recentemente inundado por uma tempestade. Eu tinha vindo de Newcastle e estava a cerca de um quilômetro e meio de Auburn, na parte mais escura e estreita da ravina, olhando atentamente para a estrada diante do meu cavalo. Subitamente, vi um homem quase debaixo do nariz do animal e puxei as rédeas com um puxão que quase derrubou a criatura.

— Peço perdão, — disse eu — não havia visto o senhor.

— Dificilmente poderia esperar que me visse — respondeu o homem, civilizadamente, aproximando-se da lateral do veículo — e o barulho do riacho impediu-me de ouvi-lo.

Reconheci imediatamente a voz, embora já tivessem se passado cinco anos desde que a ouvira pela última vez. E não fiquei particularmente satisfeito em ouvi-la agora.

— Imagino que seja o dr. Dorrimore — disse-lhe.

— Sim. E o senhor é meu bom amigo, o sr. Manrich. Estou mais do que feliz em vê-lo. O excesso de felicidade — acrescentou ele, rindo ligeiramente — deve-se ao fato de que estou indo para o mesmo lugar que o senhor e, naturalmente, espero um convite para viajar em sua companhia.

— Convite que lhe faço de todo o coração.

Algo que não era totalmente verdade.

O dr. Dorrimore agradeceu-me enquanto se sentava ao meu lado, e eu segui em frente com cautela, como antes. Sem dúvida, isso não passa de uma ilusão, mas agora me parece que o restante da distância foi percorrido sob uma neblina fria; que eu passara a sentir um frio desconfortável; que o caminho se mostrava mais longo do que nunca; e que a cidade, quando lá chegamos, estava triste, ameaçadora e desolada. Deve ter sido no início da noite, mas não me lembro de haver luz em nenhuma das casas, tampouco de ter visto qualquer coisa viva nas ruas. Dorrimore explicou com detalhes o porquê de se encontrar ali agora, e onde estivera durante os anos que se passaram desde que o vi pela última vez. Lembro-me da existência da narrativa, mas de nenhum dos fatos narrados. Ele estivera em países estrangeiros e voltara – isso é tudo o que minha memória guardou, e mesmo isso eu já sabia antes. Quanto a mim, não consigo me lembrar de ter dito uma só palavra, embora certamente deva tê-lo feito. De uma coisa estou claramente consciente: a presença do homem ao meu lado era estranhamente desagradável e inquietante – tanto que, quando finalmente parei sob as luzes da Casa Putnam, tive a sensação de ter escapado de algum perigo espiritual de natureza peculiarmente proibitiva. Essa sensação de alívio foi um tanto quanto prejudicada pela descoberta de que o dr. Dorrimore estava hospedado no mesmo hotel.

# II

Para explicar em parte meus sentimentos em relação ao dr. Dorrimore, relatarei brevemente as circunstâncias em que o conhecera, alguns anos antes. Certa noite, meia dúzia de homens, da qual eu fazia parte, estava sentada na biblioteca do Bohemian Club, em São Francisco. A conversa voltou-se para o tema da prestidigitação e dos feitos de seus profissionais, um dos quais estava então em cartaz em um teatro local.

— Esses sujeitos são duplamente fingidores — disse um membro do grupo — eles não conseguem fazer nada capaz de nos ludibriar realmente. O ilusionista mais humilde da Índia poderia confundi-los de tal modo que os deixariam doidos.

— Como, por exemplo? — perguntou um outro cavalheiro, acendendo um charuto.

— Com suas apresentações mais comuns e familiares, por exemplo - jogando no ar grandes objetos que nunca chegam a cair, fazendo brotar, crescer e florescer plantas em um terreno vazio escolhido pelos espectadores, colocando um homem em uma cesta de vime e perfurando-o completamente com uma espada enquanto ele grita e sangra - e, então, abrindo-se a cesta, não se vê nada no interior; jogando pelos ares a ponta de uma escada de seda, subindo nela e desaparecendo.

— Que absurdo! — disse eu, temo que com certa brutalidade. — Certamente o senhor não acredita nessas coisas?

— Certamente que não: vi-as vezes demais.

— Mas eu acredito — disse um jornalista de considerável fama local como um repórter bastante pitoresco. — Disse com certa frequência que nada além da observação poderia abalar minha convicção. Ora, senhores, agora tenho minha própria opinião a esse respeito.

Ninguém riu - todos estavam olhando para alguma coisa atrás de mim. Virando-me na cadeira, vi um homem em traje de gala, que acabara de entrar na sala. Era extremamente moreno, quase negro, com um rosto magro, barba preta colada nos lábios, uma abundância de cabelos pretos e encaracolados ligeiramente desgrenhados, um nariz empinado e olhos que brilhavam com uma expressão tão desalmada quanto a de uma cobra. Um membro do grupo levantou-se e apresentou-o como o dr. Dorrimore, de Calcutá. À medida que cada um de nós era apresentado, ele nos fazia uma profunda reverência à maneira oriental, mas sem nada da seriedade oriental. Seu sorriso impressionou-me por parecer um tanto quanto cínico e desdenhoso. Apenas posso descrever todo o seu comportamento como desagradavelmente envolvente.

Sua presença conduziu a conversa para outros assuntos. Ele falou pouco – não me lembro de nada do que ele disse. Achei sua voz singularmente rica e melodiosa, mas ela me afetou da mesma forma que seus olhos e seu sorriso. Em poucos minutos, levantei-me para ir embora. Ele também se levantou e vestiu o sobretudo.

— Sr. Manrich, — disse ele — vou tomar o mesmo caminho que o senhor.

"De forma nenhuma!", pensei. "Como sabe para que lado estou indo?" Então, disse: — Terei o maior prazer em sua companhia.

Saímos do prédio juntos. Não havia nenhum táxi à vista, os bondes já tinham ido para a cama, havia lua cheia, e o ar fresco da noite era delicioso – pegamos a rua que subia pela Colina da Califórnia. Tomei aquela direção pensando que ele naturalmente iria querer tomar outra, rumo a um dos hotéis.

— O senhor não acredita no que dizem a respeito dos ilusionistas hindus — disse ele, abruptamente.

— Como sabe disso? — perguntei.

Sem me responder, ele pousou levemente uma mão em meu braço e, com a outra, apontou para a calçada de pedra bem em frente. Ali, quase aos nossos pés, jazia o cadáver de um homem, com o rosto pálido virado para o luar! Uma espada, cujo punho brilhava com pedras preciosas, jazia ereta no seu peito, e uma poça de sangue acumulara-se nas pedras da calçada.

Fiquei surpreso e aterrorizado – não apenas pelo que vi, mas pelas circunstâncias em que o tinha visto. Repetidamente, durante a subida da colina, meus olhos, pensei, haviam percorrido toda a extensão daquela calçada, rua após rua. Como eles poderiam ter sido insensíveis a esse terrível objeto, agora tão visível sob o pálido luar?

À medida que minhas faculdades atordoadas se dissipavam, observei que o corpo estava em traje de gala; o sobretudo, aberto, revelava o fraque, a gravata branca, a larga extensão da frente da camisa perfurada pela espada. E – que terrível revelação! – o rosto, a não ser pela palidez, era igual ao do meu acompanhante! Nos mínimos detalhes, tanto na vestimenta quanto nos traços, era o próprio dr. Dorrimore. Perplexo e horrorizado, virei-me para procurar o homem vivo. Ele não estava visível em nenhum lugar, e, tendo aumentada minha sensação de pavor, saí sem demora daquele lugar e desci a colina na direção por onde viera. Havia dado apenas alguns passos quando um forte apertão em meu ombro me parou. Quase comecei a gritar de terror: o morto, com a espada ainda fixada no peito, encontrava-se ao meu lado! Puxou a espada com sua mão livre, arremessou-a para longe, o luar brilhando sobre as joias da sua empunhadura e o aço imaculado de sua lâmina. Caiu com estrondo na calçada à frente e desapareceu! O homem, agora moreno como antes, relaxou a pressão sobre meu ombro e olhou para mim com o mesmo olhar cínico que eu observara ao vê-lo pela primeira vez. Os mortos não têm aquela aparência – aquilo fez com que eu me acalmasse um pouco, e, virando a cabeça para trás, vi a extensão branca e lisa da calçada, ininterrupta, rua após rua.

— O que significa toda essa tolice, seu demônio? — perguntei-lhe, com bastante ferocidade, embora me sentisse fraco, com todos os membros ainda trêmulos.

— É o que alguns gostam de chamar de ilusionismo — respondeu ele, com uma risada leve e firme.

Ele virou, então, na Rua Dupont, e não o vi mais, até nos encontrarmos na ravina de Auburn.

# III

No dia seguinte ao meu segundo encontro com o dr. Dorrimore, não cheguei a vê-lo: o funcionário da Casa Putnam explicou que um leve mal-estar o confinara em seus aposentos. Naquela tarde, na estação ferroviária, fiquei surpreso e feliz com a chegada inesperada da srta. Margaret Corray e sua mãe, que vinha da cidade de Oakland.

Esta não é uma história de amor. Não sou um contador de histórias, e o amor tal como é não pode ser retratado em uma literatura dominada e fascinada pela tirania degradante que "sentencia letras" em nome da Jovem Dama. Sob o reinado devastador da Jovem Dama – ou melhor, sob o governo daqueles falsos Ministros da Censura que se nomearam para a custódia do seu bem-estar – o amor

*vela a sua chama mais sagrada,*

*E a Moralidade expira, consciente de nada,*

faminta pela refeição purificada e pela água destilada de uma pudica provisão.

Basta dizer que a srta. Corray e eu estávamos noivos. Ela e a mãe foram para o hotel onde eu me hospedava, e, durante duas semanas, vi-a todos os dias. Que eu estava feliz nem é preciso dizer; o único obstáculo à minha perfeita satisfação daqueles dias dourados era a presença do dr. Dorrimore, que me senti obrigado a apresentar às senhoras.

E ele, evidentemente, caiu nas graças delas. O que eu poderia dizer? Eu não sabia de absolutamente nada que pudesse desfavorecê-lo. Suas maneiras eram as de um cavalheiro culto e atencioso, e, para as mulheres, os modos de um homem representam o próprio homem. Em uma ou duas ocasiões, quando vi a srta. Corray caminhando com ele, fiquei furioso e, certa vez, cometi a indiscrição de protestar. Questionado sobre meus motivos, não tinha nenhum a prestar e imaginei ver em sua expressão uma sombra de desprezo pelos caprichos de uma mente ciumenta. Com o tempo, tornei-me taciturno e conscientemente desagradável e resolvi, em minha loucura, voltar para São Francisco no dia seguinte. A esse respeito, porém, não lhes disse nada.

## IV

Havia em Auburn um velho cemitério abandonado. Ficava quase no coração da cidade, mas, à noite, era um lugar tão horrível quanto o mais sombrio dos humores humanos poderia desejar. As grades em torno dos canteiros encontravam-se caídas e deterioradas ou haviam simplesmente desaparecido. Muitas das sepulturas tinham afundado na terra, e de outras cresciam pinheiros robustos, cujas raízes cometiam pecados indescritíveis. As lápides haviam caído e se quebrado; espinheiros invadiram o chão; a cerca havia quase desaparecido, e vacas e porcos vagavam por lá à vontade; o lugar era uma desonra para os vivos, uma calúnia para os mortos, uma blasfêmia contra Deus.

Na noite em que tomei a minha louca resolução de afastar-me com raiva de tudo o que me era caro, encontrei-me naquele simpático lugar. A luz do quarto crescente incidia fantasmagoricamente através da folhagem das árvores, formando pontos e manchas, revelando muitas coisas desagradáveis, e suas sombras escuras pareciam conspirações que aguardavam o momento adequado para revelações de importância mais sombria. Passando por um caminho de cascalho, vi emergir das sombras a figura do dr. Dorrimore. Eu mesmo encontrava-me a uma sombra e fiquei imóvel, com as mãos e os dentes cerrados, tentando controlar o impulso de saltar sobre ele e estrangulá-lo. No instante seguinte, uma segunda figura juntou-se a ele e agarrou seu braço. Era Margaret Corray!

Não consigo relatar corretamente o que ocorreu. Só sei que dei um salto à frente, determinado a matar; sei que me encontraram no início da manhã seguinte, ferido e ensanguentado, com marcas de dedos na garganta. Fui levado para a Casa Putnam, onde passei dias delirando. Sei de tudo isso porque me disseram. Apenas me lembro realmente de que, assim que voltei à consciência, começou minha convalescença e mandei chamar o recepcionista do hotel.

— A sra. Corray e sua filha ainda estão aqui? — perguntei-lhe.

— Que nome disse, senhor?

— Corray.

— Ninguém com esse nome jamais se hospedou aqui.

— Imploro que não brinque comigo— retruquei eu, petulante. — Pode ver que já estou bem agora - diga-me a verdade.

— Dou-lhe minha palavra — respondeu ele, com evidente sinceridade — de que nunca recebemos hóspedes com esse nome.

Suas palavras me deixaram estupefato. Fiquei deitado por alguns momentos, em silêncio, e, então, perguntei: — Onde está o dr. Dorrimore?

— Partiu na manhã de sua briga, e não se ouviu falar dele desde então. Ele lhe deu uma dura lição.

## V

Tais são os fatos deste caso. Margaret Corray agora é minha esposa. Ela nunca foi para Auburn e, durante as semanas cuja história que se moldara em meu cérebro tentei relatar, ela estava em sua própria casa, em Oakland, perguntando-se onde estava seu noivo e por que ele não lhe escrevia. Um dia desses, li no jornal *Baltimore Sun* o seguinte parágrafo:

*"O professor Valentine Dorrimore, o hipnotizador, teve grande público ontem à noite. O palestrante, que viveu a maior parte de sua vida na Índia, fez algumas maravilhosas exibições de seu poder, hipnotizando qualquer um que decidisse se submeter ao experimento, apenas olhando para ele. Na verdade, ele hipnotizou duas vezes todo o público (exceto os repórteres), fazendo com que todos tivessem as mais extraordinárias ilusões. O aspecto mais valioso da palestra foi a divulgação dos métodos dos ilusionistas hindus em suas famosas apresentações, bastante comuns na boca dos viajantes. O professor declara que esses taumaturgos adquiriram tamanha habilidade na arte – que ele mesmo aprendeu junto deles – que realizam seus milagres simplesmente deixando os "espectadores" em um estado de hipnose e dizendo-lhes o que ver e ouvir. Sua afirmação de que um sujeito particularmente suscetível possa ser mantido no reino do irreal por semanas, meses e até anos, dominado por quaisquer delírios e alucinações que o operador seja capaz de sugerir de tempos em tempos, não deixa de ser um tanto quanto inquietante."*

# O RELÓGIO DE JOHN BARTINE

## UMA HISTÓRIA CONTADA POR UM MÉDICO

— A hora exata? Por Deus! Meu amigo, por que insiste? Alguém poderia pensar... mas o que isso importa; é certo que já está hora de dormir... isso não é o suficiente? Mas, tome aqui, se você precisa acertar seu relógio, pegue o meu e veja por si mesmo.

Dizendo tal coisa, ele retirou o relógio – um relógio tremendamente pesado e antiquado – da corrente e entregou-o para mim; depois, virou-se e, atravessando a sala até uma estante de livros, começou a examinar suas lombadas. Sua agitação e evidente angústia surpreenderam-me; pareciam sem razão. Depois de ter acertado meu relógio de acordo com o dele, fui até onde ele estava e disse-lhe: — Obrigado.

Enquanto ele pegava seu relógio e o recolocava na corrente, observei que suas mãos estavam tremendo. Com um tato do qual muito me orgulhava, fui descuidadamente até o aparador e tomei um pouco de conhaque e água; depois, pedindo perdão pela minha negligência, pedi-lhe que tomasse um pouco e voltei para o meu lugar junto ao fogo, deixando-o servir-se sozinho, como era nosso costume. Ele obedeceu e logo se juntou a mim à lareira, tão tranquilo quanto antes.

Esse pequeno e estranho incidente ocorreu em meu apartamento, onde John Bartine estava passando a noite. Jantamos juntos no clube, voltamos para casa de táxi, e, em suma, tudo foi feito da maneira mais prosaica possível; e o motivo para John Bartine romper com a ordem natural e estabelecida das coisas e se mostrar espalhafatoso com aquela comoção, aparentemente para seu próprio entretenimento, eu não conseguia entender. Quanto mais eu pensava naquilo, à medida que seus brilhantes dons de conversação se prestavam à minha falta de atenção, mais curioso eu ficava e, obviamente, não tive dificuldade em me convencer de que minha curiosidade era apenas uma preocupação amigável. Esse é o disfarce que a curiosidade geralmente usa para escapar do ressentimento. Assim, arruinei uma das melhores frases de seu monólogo desconsiderado, interrompendo-o sem cerimônia.

— John Bartine, — disse eu — você deve tentar me perdoar se eu estiver errado, mas, da forma como estou no momento, não posso lhe conceder o direito de desmoronar quando questionado sobre a hora. Não posso admitir que seja apropriado experimentar uma misteriosa relutância em olhar o mostrador do próprio relógio e acalentar, na minha presença, sem nenhuma explicação, emoções dolorosas que me são negadas e que tampouco são da minha conta.

A esse discurso ridículo Bartine não respondeu imediatamente, mas ficou sentado, olhando gravemente para o fogo. Temendo ter-lhe ofendido, eu estava prestes a pedir desculpas e implorar-lhe que não pensasse mais no assunto, quando, então, ele me olhou calmamente nos olhos e disse:

— Meu caro amigo, a leviandade dos seus modos não disfarça de forma alguma a hedionda desfaçatez do seu pedido, mas, felizmente, eu já havia decidido lhe contar o que deseja saber, e nenhuma manifestação de sua indignidade em ouvi-lo alterará minha decisão. Tenha a gentileza de me dar sua atenção e há de saber tudo sobre o assunto.

— Este relógio — disse ele — estava na minha família havia três gerações antes de cair nas minhas mãos. Seu proprietário original, para quem foi feito, era meu bisavô, Bramwell Olcott

Bartine, um rico fazendeiro da Virgínia Colonial e um conservador extremamente firme, que passava noites acordado, inventando novos tipos de maldições para o sr. Washington e novos métodos de ajudar e encorajar o bom rei George[30]. Certo dia, esse digno cavalheiro teve a profunda infelicidade de prestar à sua causa um serviço de importância capital, que não foi reconhecido como legítimo por aqueles que sofreram suas consequências desvantajosas. Não importa o que tenha sido, mas entre seus efeitos menores estava a prisão do meu excelente antepassado, certa noite, em sua própria casa, por um grupo de rebeldes do sr. Washington. Foi-lhe permitido despedir-se da sua entristecida família, e, então, levaram-no para a escuridão que o engoliu para sempre. Nenhuma pista sobre seu destino foi encontrada. Depois da guerra, nem a investigação mais diligente nem a oferta de grandes recompensas conseguiram revelar seus captores ou qualquer fato relativo ao seu desaparecimento. Ele desaparecera, e isso era tudo.

Algo nos modos de Bartine que não se espelhava em suas palavras - e que eu não conseguia definir - levou-me a perguntar:

— Qual é a sua opinião sobre o assunto - sobre a justiça disso tudo?

— Minha opinião a respeito — irrompeu ele, batendo a mão fechada sobre a mesa, como se estivesse em um bar jogando dados com canalhas — minha opinião a respeito é que se trata de um assassinato caracteristicamente covarde, cometido por aquele traidor maldito do Washington e seus rebeldes esfarrapados!

Durante alguns minutos, nada foi dito. Bartine estava se recuperando, e esperei. Então, eu disse:

— E isso é tudo?

— Não, houve mais uma coisa. Algumas semanas depois da prisão de meu bisavô, seu relógio foi encontrado na varanda da

30 Referência a George Washington (1732-1799), principal líder da Guerra de Independência Americana, e George III (1738-1820), rei da Grã-Bretanha durante a formação dos Estados Unidos como país. (N. do T.)

porta de sua casa. Estava embrulhado em uma folha de papel de carta com o nome de Rupert Bartine, seu único filho, meu avô. Estou usando esse mesmo relógio.

Bartine fez uma pausa. Seus olhos negros, geralmente inquietos, olhavam fixamente para a lareira, com um ponto de luz vermelha em cada um refletido nas brasas. Ele parecia ter esquecido minha presença. Um súbito bater dos galhos de uma árvore do lado de fora de uma das janelas e, quase no mesmo instante, o barulho da chuva contra o vidro trouxeram-no de volta à percepção do que estava ao seu redor. Uma tempestade havia surgido, anunciada por uma única rajada de vento, e, logo depois, o barulho constante da água na calçada era ouvido com distinção. Mal sei por que relato esse incidente, parecia-me de alguma forma ter um certo significado e relevância que não consigo discernir agora. Pelo menos, acrescentou um elemento de seriedade, quase solenidade. Bartine retomou:

— Tenho um sentimento singular em relação a este relógio - uma espécie de afeição por ele. Gosto de tê-lo comigo, embora, em parte por seu peso e em parte por uma razão que explicarei agora, raramente trago-o comigo. A razão é esta: todas as noites, quando o tenho comigo, sinto um desejo inexplicável de abri-lo e consultá-lo, mesmo que não consiga pensar em nenhuma razão para desejar saber que horas são. Mas, se eu cedo a esse desejo, no momento em que meus olhos pousam no mostrador, sou tomado por uma misteriosa apreensão - uma sensação de calamidade iminente. E isso é tanto mais insuportável quanto mais próximo estiver das 11 horas - só neste relógio, não importa qual seja o horário de verdade. Depois que os ponteiros registram 11, a vontade de olhar desaparece; fico totalmente indiferente a ele. Então, sou capaz de consultar a coisa quantas vezes quiser, sem mais emoção do que você sente ao olhar para o seu. Naturalmente, treinei-me para não olhar para este relógio antes das 11 da noite, e nada poderia me induzir a fazê-lo. Sua insistência hoje à noite perturbou-me um pouco. Senti-me exatamente como suponho que um usuário de ópio se sentiria se seu anseio por esse tipo especial e particular de inferno fosse reforçado pela oportunidade e por pedidos externos.

— Agora, essa é a minha história, e eu a contei no interesse de sua falsa ciência; mas se, em qualquer noite daqui em diante, você me observar usando este maldito relógio e tiver a consideração de me perguntar a hora, peço licença para lhe causar o inconveniente de derrubá-lo com um soco.

Sua piada não me fez rir. Pude ver que, ao relatar seu desatino, ele se viu novamente um tanto quanto perturbado. Seu sorriso final foi positivamente medonho, e seus olhos recuperaram algo mais do que a antiga inquietação: moviam-se de um lado para outro pela sala, com aparente falta de foco, e imaginei que tivessem assumido uma expressão selvagem, como às vezes se observa em casos de demência. Talvez isso fosse fruto de minha imaginação, mas, de qualquer forma, estava agora convencido de que meu amigo sofria de uma paranoia muito singular e interessante. Acredito que, sem diminuição alguma da minha afetuosa solicitude para com ele como amigo, comecei a considerá-lo um paciente, rico em possibilidades proveitosas de estudo. E por que não? Ele não descreveu sua alucinação para o interesse da ciência? Ah, coitado, ele estava fazendo mais pela ciência do que imaginava: não apenas sua história, mas ele mesmo estava em evidência agora. Eu deveria curá-lo, se pudesse, é claro, mas primeiro haveria de fazer um pequeno experimento de psicologia – aliás, o experimento em si poderia ser um passo em sua recuperação.

— Isso é muito franco e amigável da sua parte, Bartine, — disse eu, com cordialidade — e estou bastante orgulhoso de sua confiança. É tudo muito estranho, certamente. Importa-se de me mostrar o relógio?

Ele o retirou do colete, com corrente e tudo, e passou para mim sem dizer uma palavra. A caixa era de ouro, muito espessa e forte, e tinha uma gravação singular. Depois de examinar atentamente o mostrador e observar que era quase meia-noite, abri-o na parte de trás e fiquei interessado em observar uma caixa interna de marfim, sobre a qual estava pintado um retrato em miniatura, daquela maneira requintada e delicada que estivera na moda durante o século XVIII.

— Ora, ora, louvado seja Deus! — exclamei, sentindo um forte deleite artístico — como diabos você conseguiu que fizessem isto aqui? Achei que a pintura em miniatura no marfim fosse uma arte perdida.

— Esse — respondeu ele, sorrindo gravemente — não sou eu; é meu excelente bisavô, o ilustríssimo senhor já falecido Bramwell Olcott Bartine, da Virgínia. Ele era mais jovem do que eu nessa época - mais ou menos da minha idade, na verdade. Dizem que se parece comigo, você concorda?

— Parece com você? Qualquer um diria isso! À exceção do figurino, que supunha ter sido um elogio à arte - ou analogia, por assim dizer - e da ausência de bigode, esse retrato é seu em todos os traços, linhas e expressões.

Nada mais foi dito naquele instante. Bartine pegou um livro da mesa e começou a lê-lo. Ouvi lá fora o barulho incessante da chuva na rua. Ocasionalmente, ouviam-se passos apressados nas calçadas, e, certa vez, um passo mais lento e pesado pareceu cessar à minha porta - um policial, imaginei, procurando abrigo à porta de entrada. Os galhos das árvores batiam forte nas vidraças, como se estivessem pedindo para entrar. Lembro-me de tudo isso ao longo desses anos e anos de uma vida mais sábia e mais séria.

Ao ver que meu amigo não prestava atenção ao que eu estava fazendo, peguei a velha chave que pendia da corrente do relógio e rapidamente atrasei os ponteiros em uma hora; então, encerrando o caso, entreguei a Bartine sua propriedade e vi-o colocá-lo de volta no bolso.

— Acredito que você tenha dito — comecei, com fingida displicência — que, depois das 11 horas, a visão do mostrador não o afeta mais. Como já é quase meia-noite — olhando para o meu próprio relógio — talvez, se não se ressente da minha busca por provas, olhe para ele agora.

Bem-humorado, ele sorriu, puxou novamente o relógio, abriu-o e, instantaneamente, levantou-se com um grito de que o Céu não teve a misericórdia de me permitir esquecer! Seus olhos, cuja escuridão era notavelmente intensificada pela palidez de seu rosto, estavam fixos no relógio, que ele segurava com as duas mãos. Por algum tempo, ele permaneceu naquela posição sem emitir nenhum outro som; então, com uma voz que eu não seria capaz de reconhecer como dele, disse:

— Maldito! Faltam dois minutos para as 11!

Eu não estava despreparado para tal surto e, sem me levantar, respondi, com bastante calma:

— Peço-lhe perdão. Devo ter lido as horas erroneamente ao acertar o meu.

Ele fechou a tampa do relógio com um estalo brusco e colocou-o no bolso. Olhou para mim e tentou sorrir, mas seu lábio inferior tremia, e ele parecia incapaz de fechar a boca. Suas mãos também estavam trêmulas, e ele enfiou-as, cerradas, nos bolsos do casaco. O espírito corajoso estava manifestamente esforçando-se para subjugar o corpo covarde. O esforço foi grande demais; ele começou a balançar de um lado para o outro, como se estivesse com vertigem, e, antes que eu pudesse me levantar da cadeira para segurá-lo, seus joelhos cederam, e ele tombou desajeitadamente para a frente, caindo de cara no chão. Saltei para ajudá-lo a se levantar, mas, quando John Bartine se levantar novamente, todos nós o faremos.

O exame *post mortem* não revelou nada: todos os seus órgãos estavam normais e sãos. Mas, quando o corpo foi preparado para o enterro, viu-se que um leve círculo escuro se desenvolvera ao redor do pescoço; pelo menos foi isso que várias pessoas me asseguraram ter visto, mas, pelo que sei, não posso afirmar se era verdade.

Nem posso estabelecer limitações à lei da hereditariedade. Não sei se no mundo espiritual um sentimento ou emoção pode sobreviver ao coração que o continha e buscar expressão em uma vida semelhante, muito tempo depois. Certamente, se eu fosse adivinhar o destino de Bramwell Olcott Bartine, imaginaria que ele fora enforcado às 11 horas da noite e que lhe foram concedidas várias horas para que se preparasse para tal mudança.

Quanto a John Bartine, meu amigo, meu paciente por cinco minutos e – que Deus me perdoe! – minha vítima por toda a eternidade, não há mais nada a dizer. Ele está enterrado, e seu relógio com ele – tratei pessoalmente disso. Que Deus descanse sua alma no Paraíso e a alma de seu ancestral da Virgínia, se é que, de fato, são duas almas.

# A "COISA MALDITA"

## I.

### NEM SEMPRE SE COME O QUE ESTÁ À MESA

À luz de uma vela colocada na extremidade de uma mesa rústica, um homem lia algo escrito em um volume. Era um caderninho antigo e bastante gasto; e a escrita não era, aparentemente, muito legível, pois o homem às vezes segurava a página perto da chama da vela para obter uma luz mais forte. A sombra do caderno lançaria então na obscuridade metade da sala, escurecendo vários rostos e figuras, já que, além do leitor, outros oito homens estavam presentes. Sete deles estavam sentados, apoiados nas ásperas paredes de madeira, em silêncio, imóveis e, visto que a sala era pequena, não muito longe da mesa. Ao estender o braço, qualquer um deles poderia ter tocado o oitavo homem, que estava deitado sobre a mesa, de costas, parcialmente coberto por um lençol, com os braços ao lado do corpo. Ele estava morto.

O homem com o caderno não lia em voz alta, e ninguém falava; todos pareciam esperar que algo acontecesse; só o morto não tinha expectativas. Da escuridão lá fora entravam, pela abertura que servia de janela, todos os ruídos permanentemente desconhecidos da noite na vastidão – a nota longa e inominável de um coiote distante; a emoção silenciosa e pulsante de insetos incansáveis nas árvores; estranhos gritos das aves noturnas, tão diferentes dos das aves diurnas; o zumbido de grandes besouros desajeitados; e todo aquele coro misterioso de pequenos sons que parecem sempre ter sido apenas parcialmente ouvidos quando cessam repentinamente, como se estivessem conscientes de certa indiscrição. Mas nada disso era notado naquele grupo; seus membros não eram muito afeitos a interesses ociosos por assuntos sem importância prática; isso era óbvio em cada linha de seus rostos rudes - óbvio até mesmo sob a penumbra da única vela. Evidentemente, eram homens das cercanias - agricultores e lenhadores.

A pessoa que lia era um pouco diferente; diriam dele que se tratava de alguém do mundo, mundano, embora houvesse algo em seu traje que atestasse uma certa comunhão com os membros de seu ambiente. Seu casaco dificilmente teria sido aprovado em São Francisco; seus calçados não eram de origem urbana, e o chapéu que estava ao seu lado no chão (ele era o único com a cabeça descoberta) era tal que, se alguém o considerasse um artigo de mero adorno pessoal, não teria entendido o seu significado. O seu semblante era bastante atraente, com apenas uma pitada de severidade, embora ele pudesse tê-la assumido ou cultivado, como seria apropriado para alguém com certa autoridade. Pois ele era investigador. Foi em virtude de seu cargo que lhe deram o caderno que lia - fora encontrado entre os pertences do morto, em sua cabana, onde o inquérito estava sendo realizado.

Quando o investigador terminou de ler, colocou o caderno no bolso da camisa. Naquele momento, a porta se abriu, e entrou um jovem rapaz. Ele, claramente, não havia nascido nem fora criado nas montanhas: estava vestido como aqueles que moram nas cidades. Suas roupas, porém, estavam empoeiradas, como se ele tivesse chegado de viagem. Na verdade, tinha cavalgado muito para comparecer ao inquérito.

O investigador assentiu com a cabeça; ninguém mais o cumprimentou.

— Estávamos esperando-o — disse o investigador. — Precisamos terminar esse assunto ainda nesta noite.

O jovem sorriu. — Lamento tê-los feito esperar — disse ele. — Não parti para escapar de sua convocação, mas para postar em meu jornal um relato do que suponho ter sido o motivo para que me chamassem de volta.

O investigador sorriu.

— O relato que postou em seu jornal — disse ele — provavelmente difere daquele que fará aqui, sob juramento.

— Isso — respondeu o outro, bastante firme e com um rubor visível — apenas se quiser. Usei um papel-carbono e tenho uma cópia do que enviei. Não foi escrito como notícia, pois é inacreditável, mas como ficção. Pode fazer parte do meu testemunho sob juramento.

— Mas você afirma ser inacreditável.

— Isso não há de significar nada para o senhor, se eu também jurar que é a pura verdade.

O investigador ficou em silêncio por um tempo, com os olhos voltados para o chão. Os homens nas laterais da cabana conversavam em sussurros, mas raramente desviavam o olhar do rosto do cadáver. Logo depois, o investigador ergueu os olhos e disse: — Vamos retomar o inquérito.

Os homens tiraram os chapéus. A testemunha fez o juramento.

— Qual o seu nome? — perguntou o investigador.

— William Harker.

— Idade?

— Vinte e sete anos.

— Conhecia o falecido, Hugh Morgan?

— Sim.

— Estava com ele quando morreu?

— Perto dele.

— E por quê? O porquê da sua presença, quero dizer.

— Estava visitando-o, com o intuito de que saíssemos para caçar e pescar. Parte do meu propósito, entretanto, era estudá-lo, e seu modo de vida estranho e solitário. Ele parecia um bom modelo para um personagem de ficção. Às vezes, escrevo histórias.

— Às vezes, eu as leio.

— Obrigado.

— Histórias em geral... não as suas.

Alguns dos jurados riram. Contra um fundo sombrio, o humor mostra seu brilho. Os soldados nos intervalos da batalha riem facilmente, e uma piada no quarto de um morto conquista pela surpresa.

— Relate as circunstâncias da morte deste homem — ordenou o investigador. — Pode usar quaisquer apontamentos ou anotações que desejar.

A testemunha entendeu. Tirando um manuscrito do bolso do peito, segurou-o perto da vela e virou as folhas, até encontrar o trecho que queria, e começou a ler.

## II.

## O QUE PODE ACONTECER EM UM CAMPO DE AVEIA SELVAGEM

...O sol mal tinha nascido quando saímos de casa. Estávamos procurando codornas, cada um com uma espingarda, mas tínhamos um cachorro só. Morgan disse que o melhor terreno para a caça ficava além de uma certa montanha que ele indicara, e a atravessamos por uma trilha que passava pelo chaparral. Do outro lado, havia um campo relativamente plano, densamente coberto de aveia selvagem. Quando saímos do chaparral, Morgan estava apenas alguns metros à minha frente. Subitamente, ouvimos, um pouco à nossa direita e em parte diante de nós, um barulho parecido com o de um animal debatendo-se nos arbustos, que víamos estarem violentamente agitados.

— Assustamos um cervo — eu disse. — Gostaria que tivéssemos trazido um rifle.

Morgan, que havia parado e observava atentamente o agitado chaparral, não disse nada, mas engatilhou os dois canos de sua arma e a segurava pronto para mirar. Achei-o um pouco inquieto, o que me surpreendeu, já que ele tinha a reputação de ser extremamente frio, mesmo em momentos de perigo súbito e iminente.

— Ora essa, — disse-lhe — você não vai matar um cervo com munição para codorna, vai?

Ele continuou a me ignorar, mas, ao ver seu rosto quando ele o virou ligeiramente para mim, fiquei impressionado com a intensidade de seu olhar. Então, entendi que tínhamos algo sério nas mãos, e minha primeira suposição foi de que havíamos "encontrado" um urso pardo. Avancei para o lado de Morgan, preparando minha arma enquanto me movia.

Agora, os arbustos estavam quietos e os sons haviam cessado, mas Morgan estava tão atento ao local quanto antes.

— O que é? Que diabos é isso? — perguntei.

— É a Coisa Maldita! — ele respondeu, sem virar a cabeça. Sua voz estava rouca, não natural. Ele tremia visivelmente.

Estava a ponto de continuar falando quando observei a aveia selvagem perto do local agitado, que se movia da maneira mais inexplicável. Mal posso descrevê-la. Parecia movida por uma rajada de vento, que não apenas a dobrava em dois, mas também a pressionava para baixo - esmagando-a para que não subisse novamente -, e esse movimento foi lentamente se prolongando, justamente na nossa direção.

Nada do que eu já tinha visto me afetou de forma tão estranha quanto esse fenômeno desconhecido e inexplicável, mas não consigo me lembrar de nenhuma sensação de medo. Lembro-me - e conto isso aqui porque, de maneira singular, me lembrei disso naquele instante - que, certa vez, ao olhar descuidadamente por uma janela aberta, confundi momentaneamente uma pequena árvore próxima com uma outra, pertencente a um grupo de árvores maiores a certa distância. Parecia do mesmo tamanho que as outras, mas, sendo mais distinta e nitidamente definida - tanto no geral quanto em detalhes -, aparentava estar em desarmonia com elas. Era uma mera alteração da lei da perspectiva aérea, mas aquilo me assustou, quase me aterrorizou. Confiamos tanto na operação ordenada das leis naturais familiares que qualquer aparente suspensão delas é considerada uma ameaça à nossa segurança, um aviso de calamidade impensável. Por isso, naquele instante, o movimento aparentemente sem causa da mata e a aproximação lenta e constante daquela linha de agitação tornaram-se claramente inquietantes. Meu companheiro parecia realmente assustado, e mal pude acreditar em meus sentidos quando o vi ,subitamente, lançar a arma ao ombro e disparar os dois canos contra os grãos agitados! Antes que a fumaça do tiro se dissipasse, ouvi um grito alto e selvagem – um grito como o de um animal silvestre –, e, jogando a arma no chão, Morgan saltou e saiu correndo rapidamente do local. No mesmo instante, fui jogado no chão com violência pelo impacto de algo invisível na fumaça – alguma substância macia e pesada, que parecia ter sido lançada contra mim com grande força.

Antes que eu pudesse me levantar e recuperar minha arma, que parecia ter sido arrancada das minhas mãos, ouvi Morgan gritar como se estivesse em agonia mortal, e, misturando-se a seus gritos, havia sons tão roucos e selvagens como aqueles que se ouvem em uma luta de cães. Inexprimivelmente aterrorizado, lutei para ficar de pé e olhei para a direção que Morgan tomara – e que o Céu, na sua misericórdia, me poupe de outra visão como aquela! A uma distância de menos de 30 metros, estava meu amigo, apoiado sobre um joelho, a cabeça jogada para trás em um ângulo assustador, sem chapéu, os longos cabelos desordenados e todo o corpo em movimentos violentos de um lado para o outro, para trás e para frente. Seu braço direito estava levantado e parecia não ter mão – pelo menos eu não conseguia ver nenhuma. O outro braço estava invisível para mim. Às vezes, conforme minha memória agora relata essa cena extraordinária, eu conseguia discernir apenas uma parte de seu corpo; era como se ele tivesse sido parcialmente apagado – não posso expressá-lo de outra forma –, e, então, uma mudança em sua posição trazia tudo novamente à vista.

Tudo isso deve ter ocorrido em poucos segundos, mas, durante esse tempo, Morgan assumiu todas as posturas de um lutador determinado, vencido por peso e força superiores. Não vi nada além dele, nem ao menos ele mesmo claramente. Durante todo o incidente, ouvia seus gritos e blasfêmias, como um tumulto envolvente de sons de raiva e fúria que eu nunca tinha ouvido sair da garganta de um homem nem de um animal!

Por apenas um momento, fiquei indeciso e, em seguida, largando minha arma, corri em socorro do meu amigo. Acreditava, sem muita convicção, que ele estivesse sofrendo de um ataque ou de algum tipo de convulsão. Antes que eu conseguisse chegar ao seu lado, ele ficara abatido e quieto. Todos os sons haviam cessado, mas, com uma sensação de terror que nem mesmo esses terríveis acontecimentos haviam inspirado, vi agora, novamente, o movimento misterioso da aveia selvagem, que se prolongava da área pisoteada ao redor do homem prostrado em direção ao limite de um bosque. Só quando chegou ao bosque é que consegui desviar os olhos e olhar para o meu companheiro. Ele estava morto.

## III.
## UM HOMEM, MESMO NU, PODE ESTAR ESFARRAPADO

O investigador levantou-se e ficou ao lado do morto. Levantando uma ponta do lençol, puxou-o, expondo todo o corpo, completamente nu e que revelava, à luz das velas, um amarelo argiloso. Apresentava, no entanto, grandes manchas de cor preta azulada, obviamente causadas pelo sangue extravasado de suas contusões. O peito e as laterais pareciam ter sido espancados com uma clava. Havia lacerações terríveis, e a pele estava rasgada em tiras e farrapos.

O investigador foi até a ponta da mesa e desfez o nó de um lenço de seda que havia sido passado sob seu queixo e amarrado no alto da cabeça. Quando o lenço foi retirado, expôs o que havia sido sua garganta. Alguns dos jurados que haviam se levantado para ver melhor arrependeram-se de sua curiosidade e viraram o rosto. A testemunha Harker foi até a janela aberta e debruçou-se no parapeito, fraco e enjoado. Deixando cair o lenço no pescoço do morto, o investigador deu um passo até um canto da sala e, de uma pilha de roupas, retirou uma peça depois da outra, erguendo cada uma delas por um momento para inspeção. Todas estavam rasgadas e duras de tão ensanguentadas. Os jurados não fizeram uma inspeção mais detalhada. Pareciam bastante desinteressados. Na verdade, já tinham visto tudo aquilo antes; a única coisa nova para eles era o testemunho de Harker.

— Senhores — disse o investigador — não temos mais provas, creio eu. Seu dever já lhes foi explicado; se não houver nada que queiram perguntar, podem sair e considerar seu veredito.

O capataz levantou-se: um homem alto, barbudo, de 60 anos, vestido de maneira grosseira.

— Gostaria de fazer uma pergunta, senhor investigador — disse ele. — De qual manicômio sua última testemunha escapou?

— Sr. Harker, — disse o investigador, grave e tranquilamente — de qual manicômio o senhor escapou na última vez?

Harker ficou vermelho novamente, mas não disse nada, e os sete jurados se levantaram e saíram solenemente da cabana.

— Se o senhor achou por bem me insultar, — disse Harker, assim que ele e o oficial ficaram sozinhos com o homem morto — suponho que estou livre para ir embora.

— Sim.

Harker começou sua saída, mas parou já com a mão na maçaneta da porta. O hábito de sua profissão tinha muita força sobre ele - muito mais força do que seu senso de dignidade. Ele virou-se e disse:

— O caderno que tem aí... reconheço-o como o diário de Morgan. O senhor parecia muito interessado nele, estava lendo-o enquanto eu dava meu testemunho. Posso vê-lo? O público gostaria...

— O caderno não terá valor nenhum neste caso — respondeu o funcionário, enfiando-o no bolso do casaco. — Todas as anotações foram feitas antes da morte do escritor.

Quando Harker saiu da casa, o júri entrou novamente e ficou em volta da mesa, na qual o cadáver, agora coberto, aparecia sob o lençol com nítida definição. O capataz sentou-se perto da vela, tirou do bolso do peito um lápis e um pedaço de papel e escreveu, com bastante esforço, o seguinte veredito, que, com variados graus de dificuldade, todos assinaram:

*"Nós, o júri, acreditamos que os restos mortais morreram nas mãos de um leão da montanha, mas alguns de nós pensam, ainda assim, que eles sofreram ataques."*

## IV.
## UMA EXPLICAÇÃO VINDA DO TÚMULO

No diário do falecido Hugh Morgan há algumas entradas interessantes que têm, possivelmente, a título de sugestão, algum valor científico. No inquérito sobre seu corpo, o caderno não foi posto como prova; é provável que o investigador tenha acreditado que não valia a pena confundir o júri. A data da primeira das entradas mencionadas não pode ser determinada – a parte superior da folha fora arrancada –; o restante da entrada segue:

*"...corria em semicírculos, mantendo a cabeça sempre voltada para o centro e, uma vez mais, parava, latindo furiosamente. Por fim, ele fugiu para o mato o mais rápido que pôde. A princípio, pensei que ele tivesse enlouquecido, mas, ao voltar para casa, não encontrei outra alteração em seus modos além daquela obviamente devida ao medo da punição.*

*Será que um cachorro pode ver com o nariz? Os odores produzem imagens daquilo que os emitiu em alguma parte do seu cérebro?..."*

*"2 de setembro. Olhando para as estrelas ontem à noite, à medida que elas se erguiam acima do cume da cordilheira a leste da casa, observei-as desaparecerem sucessivamente – da esquerda para a direita. Cada uma delas foi eclipsada apenas por um instante – e algumas poucas ao mesmo tempo –, mas, ao longo de toda a extensão da cordilheira, todas aquelas que estavam a um ou dois graus do topo foram apagadas. Era como se algo tivesse acontecido entre elas e eu; mas não consegui ver o quê, e as estrelas não eram suficientemente espessas para definir seu contorno. Argh! Não gosto disso..."*

*Faltam entradas de várias semanas, pois três folhas foram arrancadas do livro.*

*"27 de setembro. Esteve aqui perto novamente... encontro evidências de sua presença todos os dias. Fiquei vigiando novamente durante toda a noite, debaixo do mesmo abrigo, arma na mão, com uma carga dupla de chumbo grosso. De manhã, as pegadas frescas estavam lá, como antes. No entanto, eu poderia jurar que não dormi um segundo sequer – na verdade, quase não durmo mais. É terrível, insuportável! Se essas experiências incríveis forem reais, vou acabar louco; se são fantasiosas, já enlouqueci."*

*"3 de outubro. Não vou embora... isso não vai me afastar daqui. Não, esta é a minha casa, minha terra. Deus odeia os covardes..."*

*"5 de outubro. Não aguento mais; convidei Harker para passar algumas semanas comigo – é um sujeito de cabeça fria. Posso julgar pelos seus modos se ele me achar louco."*

*"7 de outubro. Tenho a solução do mistério; ela me ocorreu ontem à noite – subitamente, como por revelação. Como é simples, terrivelmente simples!*

*Existem sons que não podemos ouvir. Em cada extremidade da escala, há notas que não despertam nenhum acorde no ouvido humano, esse instrumento imperfeito. Ou são muito altas ou muito graves. Observei um bando de melros que ocupavam a copa inteira de uma árvore – as copas de várias árvores –, e todos cantavam ao mesmo tempo. De repente – em um único instante – absolutamente no mesmo instante – todos saltaram no ar e voaram para longe. Como? Nem todos podiam ver uns aos outros – copas inteiras de árvores estavam entre eles. Em nenhum momento, um líder poderia ter sido visível para todos. Deve ter havido um sinal de alerta ou comando, alto e estridente, acima de toda aquela cantoria, mas que eu não pude ouvir. Observei também o mesmo voo simultâneo quando todos se encontravam em silêncio, não só os melros, mas outras aves – codornizes, por exemplo, largamente separadas por arbustos – e mesmo em lados opostos de uma colina.*

*Os marinheiros sabem que um cardume de baleias que se aquece, ou simplesmente se diverte na superfície do oceano, a quilômetros de distância uma da outra, com a convexidade da Terra entre elas, às vezes mergulha no mesmíssimo instante – desaparecendo de vista a um só momento. O sinal foi dado – grave demais para os ouvidos do marinheiro no topo do mastro e dos seus camaradas no convés, que, no entanto, sentem as suas vibrações no navio, como as pedras de uma catedral são agitadas pelo baixo do órgão.*

*Tal como acontece com os sons, o mesmo ocorre com as cores. Em cada extremidade do espectro solar, o químico pode detectar a presença do que é conhecido como raios 'actínicos'. Eles representam cores – cores que são parte da composição da luz e que não conseguimos discernir. O olho humano é um instrumento imperfeito; seu alcance se estende a apenas algumas oitavas da verdadeira 'escala cromática'. Eu não estou louco; simplesmente, há cores que não podemos ver."*

— Que Deus me ajude! A Coisa Maldita é dessa cor!

# HAÏTA, O PASTOR

No coração de Haïta, as ilusões da juventude não foram suplantadas pelas da idade e da experiência. Seus pensamentos eram puros e agradáveis, pois sua vida era simples, e sua alma, desprovida de ambição. Ele levantou-se com o Sol e saiu para orar no santuário de Hastur, o deus dos pastores, que ouvia e se contentava. Após a realização desse piedoso rito, Haïta destrancou o portão do redil e, com uma mente feliz, conduziu seu rebanho para longe, comendo sua refeição matinal de coalhada e bolo de aveia enquanto caminhava, parando ocasionalmente para adicionar algumas frutas, resfriadas pelo orvalho, ou para beber das águas que desciam as colinas para se juntar ao riacho no meio do vale e ser levadas junto com ele, ele não sabia para onde.

Durante o longo dia de verão, enquanto suas ovelhas pastavam a boa grama que os deuses haviam feito crescer para elas, ou permaneciam deitadas com as patas dianteiras dobradas sob o peito e ruminavam, Haïta, reclinado à sombra de uma árvore ou sentado em uma pedra, tocava uma música tão doce em sua flauta de bambu que, às vezes, pelo canto do olho, tinha vislumbres acidentais das divindades silvestres menores, inclinando-se para fora do bosque para ouvir; mas, se ele olhasse diretamente para elas, elas desapareciam. Ao observar tal coisa – pois vinha pensando se não acabaria se transformando em uma de suas próprias ovelhas –, ele concluiu solenemente que a felicidade pode chegar apenas se não a procurarmos, mas, se o fizermos, ela nunca será alcançada; pois, depois dos favores de Hastur, que nunca se revelavam, Haïta valorizava sobretudo o interesse amigável de seus vizinhos, os tímidos imortais da floresta e do riacho. Ao anoitecer, ele conduziu seu rebanho de volta ao redil, viu que o portão estava bem trancado e retirou-se para a sua caverna para descansar e sonhar.

Assim passou sua vida, um dia como o outro, a não ser quando as tempestades provocavam a ira de um deus ofendido. Então, Haïta encolhia-se na sua caverna, com o rosto escondido entre as mãos, e rezava para que só ele pudesse ser punido pelos seus pecados e o mundo fosse salvo da destruição. Às vezes, quando chovia muito e o riacho ultrapassava suas margens, obrigando-o a levar seu aterrorizado rebanho para as terras altas, ele intercedia pelas pessoas nas cidades que – segundo lhe disseram – ficavam na planície além das duas colinas azuis, formando a porta de entrada de seu vale.

— É gentileza de sua parte, ó Hastur, — ele orava assim — oferecer-me montanhas tão próximas de minha morada e de meu redil para que minhas ovelhas e eu possamos escapar das torrentes furiosas. Mas também deve livrar o resto do mundo de alguma maneira que desconheço, ou não irei mais adorá-lo.

E Hastur, sabendo que Haïta era um jovem que cumpria a sua palavra, poupou as cidades e transformou as águas em mar.

E assim ele viveu, até onde se lembrava. Não era capaz de conceber plenamente nenhum outro modo de existência. O santo eremita que morava no topo do vale, a uma hora de viagem de distância – de quem ouvira a história das grandes cidades onde moravam pessoas que não tinham ovelhas, pobres almas! –, não lhe deu a conhecer aquele tempo antigo, quando – imaginava – ele devia ser pequeno e indefeso como um cordeiro.

Foi ao pensar nesses mistérios e maravilhas e naquela horrível mudança para o silêncio e a decadência que, ele tinha certeza, algum dia aconteceria com ele – como tinha visto acontecer com tantos de seu rebanho, e como acontecia com todas as coisas vivas, a não ser os pássaros – que Haïta primeiro se tornou consciente de quão miserável e desesperado era o seu destino.

— É preciso — dizia ele — que eu saiba de onde e como vim, pois, como alguém pode cumprir seus deveres a menos que seja capaz de julgar quais são eles, pelo modo como lhe foram confiados? E que contentamento posso ter quando não sei quanto tempo ele vai durar? Talvez eu chegue a mudar antes mesmo do nascer de outro Sol, e, então, o que será das ovelhas? O que, de fato, será de mim?

Ao refletir sobre essas coisas, Haïta tornou-se melancólico e taciturno. Ele não falava mais alegremente com seu rebanho nem corria com entusiasmo para o santuário de Hastur. Em cada brisa que soprava, ouvia sussurros de divindades malignas cuja existência observava pela primeira vez. Cada nuvem era um presságio que significava desastre, e a escuridão estava cheia de terrores. Sua flauta de bambu, quando aplicada aos lábios, não emitia nenhuma melodia, mas um lamento sombrio; as inteligências silvestres e ribeirinhas não mais se aglomeravam na mata para ouvir, mas fugiam do som, fato que ele sabia por conta das folhas agitadas e das flores curvadas. Ele relaxou sua vigilância, e muitas de suas ovelhas vagaram pelas colinas, perdendo-se. Aquelas que restaram ficaram magras e doentes por falta de boas pastagens, pois ele não as procurava, conduzindo-as dia após dia ao mesmo local, por mera abstração, enquanto meditava sobre a vida e a morte - sobre a imortalidade que ele não conhecia.

Certo dia, enquanto se entregava às mais sombrias reflexões, ele subitamente saltou da rocha em que estava sentado e, com um gesto determinado da mão direita, exclamou: — Não serei mais um suplicante pelo conhecimento que os deuses retêm. Que eles cuidem para não me fazer nenhum mal. Cumprirei meu dever da melhor maneira possível e se, na mente deles, eu tiver errado, que assim seja!

De repente, enquanto falava, um grande brilho recaiu sobre ele, fazendo-o olhar para cima, pensando que o sol havia surgido por uma fenda nas nuvens - mas não havia nuvens. A menos de um braço de distância, encontrava-se uma linda donzela. Ela era tão linda que as flores ao redor de seus pés dobraram as pétalas em desespero e inclinaram a cabeça em sinal de submissão; seu olhar era tão doce que os beija-flores aglomeravam-se perto de seus olhos, quase enfiando seus bicos sedentos neles, e as abelhas selvagens aproximavam-se de seus lábios. E tal era seu brilho que as sombras de todos os objetos fugiam de seus pés, virando-se à medida que ela se movia.

Haïta ficou fascinado. Levantando-se, ajoelhou-se diante dela, em adoração, e ela colocou a mão sobre sua cabeça.

— Venha comigo — disse ela com uma voz que continha a música de todos os sinos de seu rebanho. — Venha, você não deve me adorar, que não sou deusa, mas, se for sincero e obediente, permanecerei com você.

Haïta agarrou a mão dela e, ao balbuciar, sua alegria e gratidão ressurgiram. De mãos dadas, ambos se levantaram e sorriram nos olhos um do outro. Ele olhou para ela com reverência e êxtase. E disse: — Peço-lhe, adorável donzela, que me diga seu nome, e de onde e por que motivo veio até mim.

Ao ouvi-lo, ela encostou um dedo de advertência nos próprios lábios e começou a recuar. A beleza dela sofreu uma alteração visível, que o fez estremecer, sem que ele soubesse o motivo, visto que ela continuava linda. A paisagem foi escurecida por uma sombra gigante que varria todo o vale com a velocidade de um abutre. Na escuridão, a figura da donzela tornou-se turva e indistinta, e sua voz parecia vir de muito longe quando falou novamente, com um tom de triste reprovação: — Jovem presunçoso e ingrato! Devo então abandoná-lo cedo assim? Por nada o faria, mas você acabou por romper imediatamente o pacto eterno.

Inexprimivelmente entristecido, Haïta caiu de joelhos e implorou-lhe que permanecesse - levantou-se e procurou-a na escuridão cada vez mais profunda, correu em círculos, chamando-a em voz alta, mas tudo em vão, ela não estava mais visível. No entanto, em meio à escuridão, ele ouviu sua voz, que dizia: — Não, você não tem que me buscar. Cumpra o seu dever, pastor infiel, ou nunca mais nos encontraremos.

A noite havia caído, os lobos uivavam nas colinas, e as ovelhas, aterrorizadas, aglomeravam-se aos pés de Haïta. Por conta das exigências do momento, ele esqueceu sua decepção, conduziu suas ovelhas até o redil e, dirigindo-se ao local de culto, derramou seu coração em gratidão a Hastur por permitir-lhe salvar seu rebanho; em seguida, retirou-se para sua caverna e dormiu.

Quando Haïta acordou, o Sol estava alto e brilhava na caverna, iluminando-a com grande glória. E ali, ao lado dele, estava sentada a donzela. Ela sorriu para ele com um sorriso que parecia a visualização da música de sua flauta de bambu. Ele não ousou falar, temendo ofendê-la como antes, pois não sabia o que podia dizer.

— Porque — disse ela — você cumpriu seu dever com o rebanho e não se esqueceu de agradecer a Hastur por ter acalmado os lobos durante a noite, vim até você novamente. Aceita-me como companhia?

— Quem não gostaria de sua companhia para todo o sempre? — respondeu Haïta. — Ah, nunca mais me deixe, até que eu me transforme e fique silencioso e imóvel.

Haïta não conhecia uma palavra para a morte.

— Eu gostaria, na verdade, — continuou ele — que você fosse do meu sexo, para que pudéssemos lutar e participar de corridas e, assim, nunca nos cansarmos de estar juntos.

Ao ouvir essas palavras, a donzela levantou-se e saiu da caverna, e Haïta, saltando de seu leito de ramos perfumados para alcançá-la e detê-la, observou, para seu espanto, que a chuva estava caindo e o riacho no meio do vale havia ultrapassado suas bordas. As ovelhas baliam de terror, pois a subida das águas tinha invadido o seu redil. E as cidades desconhecidas da planície distante corriam perigo.

Muitos dias se passaram antes que Haïta voltasse a ver a donzela. Certo dia, ele estava voltando do topo do vale, onde tinha ido levar leite de ovelha, bolo de aveia e frutas vermelhas para o santo eremita, que estava velho e fraco demais para se alimentar sozinho:

— Pobre velho! — disse ele em voz alta, enquanto caminhava para casa. — Voltarei amanhã e o carregarei nas costas até a minha casa, onde poderei cuidar dele. Sem dúvida, foi para isso que Hastur me criou durante todos esses anos e me deu saúde e força.

Enquanto ele falava, a donzela, vestida com roupas brilhantes, encontrou-o no caminho, com um sorriso que lhe tirou o fôlego.

— Vim novamente — disse ela — para habitar com você, se assim quiser, pois ninguém mais o fará. Você pode ter se tornado mais sábio, mostrando-se disposto a me aceitar como sou, sem nem mesmo saber de onde vim.

Haïta jogou-se aos pés dela. — Belo ser, — exclamou ele — se simplesmente dignar-se a aceitar toda a devoção de meu coração e alma – depois que Hastur for servido –, ela será sua para sempre. Mas, infelizmente, mostra-se caprichosa e rebelde. Antes do Sol de amanhã, posso perdê-la novamente. Prometa, peço-lhe, que por mais que eu possa ofendê-la em minha ignorância, você há de me perdoar e permanecer sempre comigo.

Mal ele terminara de falar quando uma tropa de ursos saiu das colinas, correndo em sua direção, com bocas vermelhas e olhos de fogo. A donzela desapareceu novamente, e ele virou-se, fugindo para salvar sua vida. Não parou até estar no abrigo do santo eremita, de onde havia partido. Fechando apressadamente a porta contra os ursos, jogou-se no chão e chorou.

— Meu filho, — disse o eremita de seu assento de palha, recolhida naquela mesma manhã pelas mãos de Haïta — não é seu costume chorar por conta de ursos – diga-me que tristeza se abateu sobre você, para que a idade possa ministrar às feridas da juventude os bálsamos de sua sabedoria.

Haïta contou-lhe tudo: como por três vezes ele encontrara a donzela radiante e, por três vezes, ela o abandonara. Ele relatou minuciosamente tudo o que havia acontecido entre eles, sem omitir nenhuma palavra do que havia sido dito.

Quando terminou, o santo eremita ficou em silêncio por um momento e, depois, disse: — Meu filho, prestei atenção à sua história e conheço a donzela. Eu mesmo a vi, assim como muitos outros. Saiba, então, que o seu nome - que ela nem mesmo lhe permitiu perguntar - é Felicidade. Você lhe disse a verdade: ela é caprichosa porque impõe condições que o homem não pode cumprir - e sua desobediência foi punida com o abandono. Ela vem apenas quando não é procurada, e jamais será questionada. Uma manifestação de curiosidade, um sinal de dúvida, uma expressão de apreensão, e ela vai embora! Por quanto tempo ela esteve com você antes de fugir?

— Apenas um instante — respondeu Haïta, corando de vergonha com tal confissão. — Todas as vezes, afastei-a depois de um único instante.

— Jovem desafortunado! — disse o santo eremita. — Se não fosse pela sua indiscrição, poderia ter a companhia dela por dois.

# UM HABITANTE DE CARCOSA

Pois há diversos tipos de morte – algumas em que o corpo permanece, e algumas em que desaparece completamente com o espírito. Isso geralmente ocorre apenas na solidão (tal é a vontade de Deus), e, sem que se veja o fim, dizemos que o homem está perdido ou partiu em uma longa jornada – o que, de fato, aconteceu; mas, às vezes, isso acontece à vista de muitos, como mostram inúmeros testemunhos. Em um outro tipo de morte, o espírito também morre, e sabe-se que isso acontece enquanto o corpo ainda continua forte por muitos anos. Às vezes, como é verdadeiramente atestado, ele morre com o corpo, mas, depois de um período, é ressuscitado no mesmo lugar onde o corpo decaíra.

Ao ponderar essas palavras de Hali (que Deus o tenha) e questionar seu pleno significado – como alguém que, ao ouvir uma insinuação, ainda duvida se não há algum outro sentido oculto além daquele que concluiu –, deixei de perceber para onde me desviava, até que um vento frio e repentino atingiu meu rosto e reavivou em mim a sensação do que estava ao meu redor. Observei, com espanto, que tudo me parecia desconhecido. De cada lado, estendia-se uma vasta planície desolada e sombria, recoberta por uma alta vegetação de grama seca, que farfalhava e assobiava ao vento de outono, com sabe lá Deus que insinuação misteriosa e inquietante. Acima dela, projetavam-se, em longos intervalos, rochas de formas estranhas e de cores sombrias, que pareciam entender-se umas com as outras e trocar olhares de perturbador significado, como se tivessem erguido a cabeça para observar o resultado de algum evento previsto. Algumas árvores destroçadas aqui e ali figuravam como líderes nessa conspiração malévola de silenciosa expectativa.

Aquele dia, pensei, devia ir bastante adiantado, embora o Sol estivesse invisível; e, mesmo que eu sentisse o ar frio e duro, minha consciência acerca de tal fato era mais mental do que física – não sentia absolutamente nenhum desconforto. Sobre toda a paisagem sombria, uma cobertura de nuvens baixas cor de chumbo pairava como uma maldição visível. Em tudo aquilo, havia uma ameaça e um presságio – uma sugestão de maldade, uma insinuação de destruição. Não se via nenhum pássaro, animal nem inseto. O vento suspirava nos ramos nus das árvores mortas, e o mato acinzentado curvava-se para sussurrar à terra o seu terrível segredo; mas nenhum outro som ou movimento quebrava o terrível repouso daquele lugar sombrio.

Observei na mata uma série de pedras gastas pelo tempo, evidentemente moldadas com ferramentas. Estavam quebradas, recobertas de musgo e meio afundadas na terra. Algumas estavam prostradas, algumas, inclinadas em variados ângulos, mas nenhuma se encontrava na vertical. Eram, obviamente, lápides de sepulturas, embora os montículos e as depressões das próprias tumbas não existissem mais – os anos tinham nivelado tudo. Espalhados aqui e ali, blocos mais maciços mostravam onde algum túmulo pomposo ou monumento ambicioso lançara outrora o seu débil desafio ao esquecimento. Tão antigas pareciam essas relíquias, esses vestígios de vaidade e memoriais de afeto e piedade, tão maltratadas, desgastadas e manchadas – tão negligenciadas, desertas, esquecidas – que não pude deixar de me considerar o descobridor do cemitério de uma raça de homens pré-históricos cujo nome encontrava-se extinto há muito tempo.

Absorto nessas reflexões, deixei de prestar atenção por algum tempo à sequência de minhas próprias experiências, mas logo pensei: "Como cheguei até aqui?". Um momento de reflexão parecia ter esclarecido tudo aquilo e, ao mesmo tempo, explicado – embora de forma inquietante – o caráter singular com que minha imaginação investira tudo o que via ou ouvia. Estava doente. Lembrei-me agora de que ficara prostrado por causa de uma febre súbita e de que minha família me contara que, em meus períodos de delírio, eu clamava constantemente por liberdade e ar e era mantido na cama para evitar que fugisse para o ar livre. E, agora, conseguira escapar da vigilância de meus cuidadores e vagara até aqui, para... para onde? Não era capaz de chegar a uma conclusão. É evidente que me encontrava a uma distância considerável da cidade onde morava - a antiga e famosa cidade de Carcosa.

Nenhum sinal de vida humana era visível ou audível em lugar algum; nenhuma fumaça à vista, nenhum latido de cão de guarda, nenhum mugido de gado, nenhum grito de crianças brincando - nada além daquele cemitério sombrio, com seu ar de mistério e pavor, devido ao meu próprio cérebro desordenado. Será que estava delirando novamente, em um estado muito além de qualquer ajuda humana? De fato, aquilo tudo não passava de uma fantasia da minha loucura? Chamei em voz alta o nome de minhas esposas e filhos, estendi minhas mãos, buscando as deles, enquanto caminhava entre as pedras em ruínas e na grama seca.

Um barulho atrás de mim fez com que me virasse. Um animal selvagem - um lince - estava se aproximando. Ocorreu-me o pensamento: se eu desmaiar aqui no deserto, se a febre voltar e eu cair, esta fera há de me atacar. Saltei na direção dela, gritando. E ela trotou, tranquilamente, a um palmo de mim e desapareceu atrás de uma pedra.

No instante seguinte, a cabeça de um homem pareceu surgir do chão, a uma curta distância. Subia a encosta mais distante de uma colina baixa, cujo topo mal se distinguia da paisagem. Em pouco tempo, toda a sua figura apareceu contra o fundo de uma nuvem cinzenta. Estava meio nu, meio vestido com peles. Seu cabelo estava despenteado, e sua barba, longa e irregular. Em uma mão, ele carregava um arco e flecha; a outra segurava uma tocha acesa, com um longo rastro de fumaça preta. Caminhava devagar e com cautela, como se temesse cair em alguma cova aberta escondida pela grama alta. Essa estranha aparição surpreendeu-me, mas não me deixou alarmado, e, decidido a interceptá-lo, cheguei até bem perto dele, abordando-o com a saudação costumeira: — Que Deus o proteja.

Ele não me deu atenção nem diminuiu o passo.

— Meu bom estranho, — continuei — encontro-me doente e perdido. Conduza-me, por favor, até Carcosa.

O homem iniciou um canto bárbaro, em uma língua desconhecida, à medida que se afastava.

Uma coruja no galho de uma árvore podre piou tristemente e foi respondida por outra, ao longe. Ao olhar para cima, vi, através de uma fenda repentina nas nuvens, Aldebarã e as Híades[31]! Em tudo aquilo havia algo típico da noite - o lince, o homem com a tocha, a coruja. No entanto, eu era capaz de ver até mesmo as estrelas na ausência da escuridão. Tudo via, mas, aparentemente, não era visto nem ouvido. Sob que terrível feitiço me encontrava?

Sentei-me à raiz de uma grande árvore, para considerar seriamente o que seria melhor fazer. Não podia mais duvidar de que estivesse louco, mas reconheci um motivo de dúvida em minha convicção. Não tinha nenhum vestígio de febre. Além disso, sentia uma alegria e um vigor totalmente desconhecidos para mim - uma sensação de exaltação física e mental. Meus sentidos pareciam alertas, eu podia sentir o ar como uma substância pesada, ouvia o silêncio.

Uma grande raiz da árvore gigante, contra cujo tronco eu me apoiara enquanto estava sentado, mantinha presa em suas garras uma pedra, e parte dela se projetava em um recesso formado por outra raiz. Assim, a tal pedra ficara parcialmente protegida das intempéries, embora se apresentasse bastante decomposta. Suas bordas estavam desgastadas, suas quinas, corroídas, sua superfície, profundamente sulcada e escamada. Partículas brilhantes de mica eram visíveis na terra ao seu redor - vestígios

31 As Híades são o aglomerado estelar, parte da constelação de Touro, mais próximo do Sistema Solar, e Aldebarã, sua estrela de maior brilho. Na mitologia grega, as Híades choraram a morte de seu irmão, Hias, com tanta força que acabaram morrendo. Zeus compadeceu-se delas e converteu-as em estrelas, situando-as na cabeça de Touro. (N. do T.)

de sua decomposição. Aparentemente, essa pedra marcava a sepultura de onde a árvore havia nascido há muito tempo. As raízes rigorosas da árvore roubaram a sepultura e fizeram da pedra sua prisioneira.

Um vento repentino empurrou algumas folhas e galhos secos da face superior da pedra, e avistei as letras em baixo relevo de uma inscrição, inclinando-me para lê-la. Deus do céu! Meu nome completo!... A data do meu nascimento!... A data da minha morte!

Um raio de luz horizontal iluminou todo aquele lado da árvore à medida que eu me levantava, aterrorizado. O Sol estava nascendo no leste rosado. Postei-me entre a árvore e seu grande disco vermelho – nenhuma sombra escureceu o tronco!

Um coro de lobos uivantes saudou o amanhecer. Vi-os sentados sobre as patas traseiras, sozinhos ou em grupos, no topo de montes e túmulos irregulares que preenchiam metade da minha paisagem desértica e se estendiam até o horizonte. E, então, percebi tratar-se das ruínas da antiga e famosa cidade de Carcosa.

---

Tais são os fatos transmitidos ao médium Bayrolles pelo espírito Hoseib Alar Robardin.

Impressão e Acabamento
Gráfica Oceano